N&K

Regina Ullmann

Die Landstraße

Erzählungen

Mit einem Nachwort von Nora Gomringer

NAGEL UND KIMCHE

Diese Ausgabe folgt der Fassung der Erstausgabe,
die 1921 im Insel Verlag Leipzig erschien.
Der Verlag dankt der Kantonsbibliothek Vadiana St. Gallen
und Nora Gomringer.

1. Auflage 2024

Gesetzt aus der Centennial
von GGP Media GmbH, Pößneck
Druck und Bindung von CPI books GmbH, Leck
Printed in Germany
ISBN 978-3-312-01323-4
www.harpercollins.de

Ellen Delp
verehrend zugeeignet

Inhalt

Die Landstraße

Erster Teil

Sommer, aber ein jüngerer Sommer als dieser; ein Sommer, an Jahren noch gleichaltrig mit mir, war damals. Ich war zwar dennoch nicht froh, nicht von Grund aus froh, aber ich musste es sein in der Art, wie es alle sind. Die Sonne zündete mich an. Sie labte sich an dem grünen Kogel, auf dem ich saß, einem Kogel, der beinah eine heilige Form hatte, und auf den ich mich geflüchtet hatte von dem Staube der Landstraße. Denn ich war müde. Ich war müde, weil ich allein war. Diese lange Landstraße vor und hinter mir … Ihr konnten die Schleifen, die sie zog um diesen Kogel, ihr konnten die Pappeln nicht, ihr konnte der Himmel selber nicht ihre Kläglichkeit nehmen. Mir war bange, weil sie mich nach einer kurzen Wanderung schon in ihre Not und Verkommenheit miteinbezogen hatte. Eine unheimliche Landstraße war das. Eine allwissende Landstraße. Da ging nur, wer in irgendeinem Sinne allein gelassen worden war.

Ich zog im Widerspruch dazu meinen Mundvorrat aus dem kleinen Reisegepäck. Er war von der Hitze ungenießbar geworden. Ich musste ihn fortwerfen. Nicht einmal Vögel hätten ihn mehr gemocht. So wurde ich auch dazu von dem Gefühl des Nicht-haben-Könnens noch hungrig und durstig. Und keine Quelle war ringsum. Nur der Kogel selber schien das Geheimnis einer Quelle zu bergen, tief in sich, mir unerreichbar. Und wenn ich auch auf eine nahe Quelle gehofft hätte, so würde ich sie doch nicht zu erreichen gesucht haben. Ich war müde und ohne Tränen, doch dem Weinen nahe.

Wo waren die Bilder, die mich so gesegnet durch meine Kindheit geführt hatten? Sie schienen dem Kogel zu gleichen. Aber auch wiederum nicht, weil ich jetzt darauf war. Ich aber gehörte nicht mehr auf das Bild. Ich zauberte mir ein anderes vor, denn durch die Wahrheit, die ich mir nicht ersparte, war ich dem Leben gegenüber bettlerisch-beharrlich geworden. Ich wollte ein Ideal haben, ein Ideal (wenn mir die früheren schon genommen waren), das auf mein Dasein passte. Und ich erinnerte mich an ein Bild des jungen Raffael, den Traum eines Jünglings darstellend. Die Reinheit dieses Bildes hatte mich immer erquickt. Auch heute. Aber sie war nicht meine mehr. Auf dem Kogel wuchs gleichsam dieses Bild meiner Kindheit und drängte mich ab, auf die staubige Landstraße hinab. Ich war aber noch nicht völlig ermattet.

Da wölbte sich in meinem Sinne hier oben auf dem Hügel das riesige Bett der heiligen Anna. Ein Engel hielt den obersten Bauch des Bettzeltes in die Wolken hinein. Unten waren Frauen, viele, alle liebevoll beschäftigt. Sie badeten ein neugeborenes Kind, Maria. Hier trugen sie Krüge herein, dort hielten sie Tücher bereit. Alles war Liebe auf dem Bild und Freude, reinste Erdenfreude, die es gibt. Ich wandte den Blick ab. Ich schaute mechanisch hinab auf die Landstraße. Von all dem war nichts um mich. Ich war allein auf dem Kogel, gleichsam aus mir hinausgewiesen. Niemand kann wissen, was das ist, dem Busch und Baum als Heimat dient, als Bett, als Truhe, als Schrägen; der überall in allen Lebensstufen ein Sträußlein für sich bereit findet. Für ihn ist es bestimmt. War es Gott, war es der Vater, der jüngere Bruder, der es von Anbeginn an schon in der Hand hielt?

Meine Schuhe waren staubig, beißend von der Hitze. Mein Kleid war eines, das keinem auf der Welt gefallen brauchte. Wenn es auch einmal im Anbeginn den Vorsatz gehabt hatte, es hatte ihn zu bald wieder vergessen. An so etwas muss man erinnert werden. Seien's die Fische im Wasser oder ein Vogellied oder Liebe, wie sie die Natur nur kennt – irgendetwas muss uns daran erinnert haben. Aber ich war mir selber bereits entfallen.

Da unten gingen müde Händlerinnen. Schon waren sie um mich herum und vorbei wie um einen Halbmond. Da kam eine Herde, ganz in ihren Staub gehüllt wie in eine Wolke. Ein paar Kinder, mit leeren Körben in blauen Händen, folgten ihnen. Sie waren schuldbewusst. Man sah es von oben, dass sie ihren Hunger mit dem spärlichen Funde ihrer Heidelbeerernte gestillt hatten. Es war doch Geld, das sie verschlungen hatten. Das war nicht das Glück beerensuchender Gebirgskinder, die heimgekehrt, den Brei aus der Pfanne verzehrend, immer noch Freude löffelten …

Ich verharrte bei der Erinnerung mit immer gleichem Blick. Ein Drehorgelmann kam, alt, Landstraße … Die stumme Orgel hing ihm auf dem Rücken. Ein Hündchen lief hinter ihm her und war so in seine Schritte vertieft, dass es schien, als ginge es unter ihm, etwa wie unter einem Zeltwagen nach Art dieser Hunde, die nur ein einziges zu bewachen haben.

Ein Fischer kam, denn in der Nähe war ein künstlicher Teich.

Schließlich kam ein abscheulicher Radfahrer. Er war ein ganz gewöhnlicher Mensch. Ich sah nur deutlich das rote Tüchlein aus einer Westentasche wehen. Oh, wie war ich unglücklich über diesen fremden Radfahrer. Nicht einmal, wenn ihn mir die Menschenliebe begütigt hätte und unter eine Betrachtung gebracht, nicht einmal dann hätte ich wieder lächeln können. Und war nicht etwa das zum Lachen, dieser Radfahrer? Hatte ich denn allmählich im Leben alle Heiterkeit verloren, alle Zuversicht?

Ich hatte mit der Hand tastend einen Waldmeister gepflückt. Es war also Mai. Es war nicht etwa Juli oder August, der heißeste Tag des Jahres? Ich hatte über dieser Landstraße alle Zeit verloren. Ich hielt die Blüte wie ein Orakel. Dann legte ich sie auf den Schoß. Ich hauchte ein wenig. Es konnte auch ein Seufzer gewesen sein.

Die Landschaft ringsumher war nicht schön. Nein, es war die wehmütige Landschaft einer sorgenvollen Landstraße. Sie vergaß keinen Augenblick, dass sie sich Staub schuldig war, fußhohen Staub, feingerieben von den Mühlsteinen der Sonne und des aufgehenden Vollmondes.

Eine dunkelnde, eine unabgekühlte Nacht, ein Tag wie dieser hier, wie die Politur des schönsten Malachits, hatten ihn uns gerieben, diesen allüberall seienden Staub. Es war, als habe Großvater ihn uns gelassen wie der Schlange des Paradieses, diesen Staub. Er war der verfrühte Altersschnee der Bäume.

»O Gott!« Dieser Hilferuf kam mir immer wieder unverstanden über meine Lippen. Ich hatte es nicht erfahren seit Langem, dieses Wort. Wahrhaftig, ich erinnerte mich nicht mehr daran.

Und Gott muss man am eignen Leibe erfahren haben.

Ich wusste zwar, der Name Gott war in jegliches Tier gegraben. Jeder Halm trug eine spitze Inschrift. Die Blumen gar hatten ihn in ihrer Rundung. Und was war Duft als noch einmal ein lebend Wesen aus der Hand der Schöpfung. Ich gab vor, keinen Gott zu haben. Aber da hielt ich schon wieder die Waldmeisterblüte in Händen. Die Güte, die diese Blüte aushauchte, rührte mich. Ich schwieg und schaute.

Unten auf der Landstraße wartete ein Gespann vor einer Baracke. Ich hatte die Baracke kaum bemerkt. Das Gespann hatte ich im Nachdenken übersehen. Es stand unter einem Kastanienbaum und wartete. Das Pferd fraß von den Blättern und zog den Brückenwagen hinter sich her. Eine Stimme gebot ihm Einhalt. Das war alles. Über dem Gebäude hing ein Schild: »Gasthaus zur Sonne« stand darauf. Aber ich konnte es nicht lesen. Das Schild zeichnete es einem vor. Ich erhob mich. Es war mir nämlich eingefallen, dass dieser Wagen mich wohl eine Strecke des Weges mitnehmen konnte. Das war schon wieder ein Gewinn, irgendwo anders zu sein. Ich ging hinab. Mir war so schwer, als trüg ich Lasten, unbekannte, aus aller Welt. Und doch war es mein eigenes Dasein nur, das mir so mitgespielt hatte. Ich verstand mit einem Male dieses vertragene Wort. Es passte auch auf die Landstraße.

Ich fasste meine Habseligkeiten von der Erde auf. Noch mit einem Blick ging ich über die Welt. Sie war doch schön?

Ein Kind rief irgendwoher ganz kläglich wie die Kleinsten, die gleichsam noch keine Augen haben. Das hatte der Landstraße gerade noch gefehlt.

Ich stand ganz unten am Wegrand und wartete. Das Pferdchen kam in einem Zirkustrab, als sei die Welt ein Karussell und nähme nie ihr rundes Ende.

Der Mann auf dem Vordersitz – ein Bock war es nicht – schlug nachsichtig mit der Peitsche. Ein junger Mensch war's. Außer ihm saßen noch einige hagere Frauen auf dem Brett. Hintenauf war allerhand Gepäck geladen. Ich sah es an. Ich sah den Jüngling an und die Frauen. Ich musste nicht lange reden. Sie sahen, dass ich nicht weiter konnte. Mitleid ist keine so seltene Sache, wie viele Menschen glauben. Nur macht sie einem, bis sie an einen herankommt, keinen Eindruck mehr. Man glaubt in seinem verhärteten Sinn, sie, die es einem böten, seien mit einem auf gleicher Stufe. So ist man geworden in seiner tauben Not... Die Frauen reichten mir die Hände zum Aufsteigen. Sie ließen mir die Wahl eines Sitzplatzes.

Ich näherte mich der massivesten Truhe auf dem Wagen. »Ja«, sagten sie, »da können Sie auch sich niederlassen, wenn Sie sich nicht fürchten, es ist eine schlafende Schlange darin.«

Sie öffneten mir sogar bereitwillig den Deckel. Unter Tüchern, unempfindlich ihrer selbst, lag sie. Gelb, grün, ein wenig rot (mich dünkte auf eine teuflische Weise), wiederholten sich Schlangenlinien neben Schlangenlinien auf diesem Getier. Und selber war es zusammengekauert in Biegungen und Wendungen, das Symbol seiner weglosen Wege. Staub, Wüstenstaub, heimatloser, und doch dünkte er mich noch ein königlicher zu sein gegen denjenigen, dem ich hier ausgesetzt war. Denn was tat es, ob ich die Schlange fürchtete oder nicht, sie lag ja gebannt durch ihre eigene Natur, und die Menschen hatten bereits verstanden, dieselbe zu einer Art unsichtbarem Kerker für sie umzuschaffen. Mich schauderte. Aber nicht mehr vor ihr. Lange schaute ich auf das Tier hin, bis die Farben mir matt wurden und die Vorstellung abgestumpft.

Die Decken wurden wieder auf die Truhe gelegt. Der Deckel sorgsam geschlossen. Ich nahm darauf Platz.

Der Wagen ratterte. Hinter mir wirbelte der Staub auf. Ich war ganz darinnen. Ich legte mich auf die Truhe, ganz in das Schüttern ergeben und in den Staub und in die Schlange.

Ich war schon nah am Einschlafen, nur auf meinem eignen Arme ruhend. In gebückter rasender Fahrt überholte uns wieder ein Radfahrer. Alles stand still: die Landstraße, die Pappelbäume, wir und der Hügel. Nur dieser eine kam vorwärts. Er bewegte sich schon in unendlicher Ferne, immer gebückt unter dem Himmel. Wo mochte der Teufel nur hinfahren?

Die Landstraße

Zweiter Teil

Wenn ich der Vertreibung aus dem Paradiese gedenke, so ist es mir, als sei das noch nicht lange her. Es ist eine gute Geschichte, eine tröstliche. Sie ist tröstlicher erzählt worden, als sie in Wirklichkeit ist. Es ist vieles verschwiegen worden in ihr. Es ist nämlich jetzt keine Begebenheit zu zweit mehr und zu vielen, ja eines Volkes, und wieder der Stämme, die dieses Volk gründete …

So wie sie jetzt beginnt, alle Tage, mit jedem neuen Menschenleben, ist es die Begebenheit eines einzigen. (Nicht des Auserwählten. Nicht, dass ihr mich falsch versteht.) Es kann eine Frau sein, die einen kleinen Handel treibt, irgendwo, es kann ein Pudel sein, ein Baum. Irgendetwas muss durchkämpfen bis zum Kindhaftsein »allein zu sein«. Eine Demut muss gelernt werden, eine Niedrigkeit, die beim Nichts endet. Und das Paradies? Das Paradies ist ungewiss. Man hat ja damit begonnen, zum mindesten hat man es mitgebracht. Schaue jeder, dass er es nicht aufbrauche bis zum Letzten. Er muss sterben noch mit dem Glück, gelebt zu haben. Darüber muss er die Augen schließen. Dies ist die noch ihm im Diesseits sichtbare Palme, dies ist sein in die Himmel gehauchtes Gloria.

Der Wagen hielt an. Es wurde abgestiegen. Die Leute mussten hinein ins Haus des Bürgermeisters. Sie mussten verhandeln mit ihm, damit er es genehmige, dass sie ihren Beruf ausübten hier am Ort, dass sie ihr Geld verdienen durften.

Und er tat es vielleicht nicht gerne, denn es kamen viele solche fahrenden Leute. Ich konnte weitergehen. Ich ging bis zu einem Wirtshaus. Wo hätte ich sonst hingekonnt? Es waren ja nur Häuser da mit einem eignen, kleinen Geschicke. Für einen Menschen meiner Art gab es hier an der Landstraße nur das Wirtshaus.

Der Garten war staubig, er war auch dunkel. Obgleich es der sonnigste Tag war, war es hier doch wie Nacht. Und leer war es hier auch. Ich suchte mir einen Platz aus. Das heißt, ich flüchtete mich zu einem dieser Tische hin, an denen niemand saß. Das ist so mein Wesen.

Nun aber gab es hier nichts mehr zu tun. Eine lange, unauszufüllende Zeit schien auf mich zu warten. Da blickte ich auf, weiter hinein in den Garten. Ein Geschöpf nämlich, das ich dem Wesen nach absolut vergessen habe, ging mit einer Mahlzeit auf einen der im Schatten seienden Plätze zu. Es saß jemand daran. Ich hatte es nicht gesehen. Ich sah es auch jetzt nicht gleich. Die Person stand davor. Es hüstelte nur, es kündigte sich gleichsam entschuldigend an: dass hier ein Gast war.

Ich inzwischen dürstete und wurde wirklich einer Mahlzeit bedürftig. Der Staub hatte mich doch nicht ganz gespeist und getränkt. Und nun konnten wir unserer ansichtig werden. Der Gast und ich: Es war der Tod. Ja, es war der Tod! Aber soviel wie bei einem Sterbenden war noch von Haut und Fleisch auch an ihm. Nur waren die Stunden gezählt. Sie waren es vielleicht schon seit Jahren und Monaten. Schwindsüchtige sterben lange. Aber so, wie er im Dunkel saß mit einem Regenmantel angetan, war er, geschont mitgeteilt, nur der Tod selber. Ich war dem Weinen nah. Ich glaube, ich gluckste ein paarmal. Dann schob ich das Essen weg. Er hatte mich sozusagen in die Mitte getroffen, das, was damals meine Mitte war. Denn einmal ist es der Kopf des Menschen, oder gar sein magnetisches Haupthaar selber, sein feuerfühlendes; ein anderes Mal sind es die Hände oder die Brust (bei arbeitenden Männern) oder bei Frauen, in einer Zeit, in der sie noch nichts bedrückt, ihre allumfassenden Arme. Das aber war bei mir die Mitte nicht. Auch war es nur ein Mahnen des Todes und sein Ansehen gewesen. Ich hatte eben mich vergnügen wollen wie andere und Mahlzeit halten wollen auf gebräuchliche Art. Da war der Tod gekommen. Er ging auch nicht wieder, wie es sonst in der Legende erzählt wird. Er blieb. Das heißt, er stellte sich allemal wieder ein, wenn diese Mahlzeit war, diese einzige Mahlzeit, zu der ich Lust gezeigt hätte. Das ist aber immer so. Überhaupt bewies sich hier alles mit einer tödlichen Gewissheit. (Von damals her kenne ich aber auch dafür das Wort.) Während nämlich mir das Leben so alle sorglosen Freuden vorwegnahm, gab es mir dafür die Gewichtigkeit jeglichen Verlustes. Ich verstand diesen Verlust mit der Zeit so zu bewerten, dass er mir bedeutsamer vorkam als alles reiche Leben selbst, zu dem ich so viel Begabung von der Natur glaubte mitgebracht zu haben.

Dennoch aber, ihr sollt mir nicht schreien wie Vögel, deren Worte man plötzlich versteht, in mein Leben hinein: dass ich so mit dieser Kenntnis des Leidens meinen Lohn schon für dieses Dasein voraus erhalten hätte. Ich musste ihn ja immer wieder zurückerstatten mit der täglichen Wiederkehr. Was mich am ersten Tag in seiner Erkenntnis noch aufrichtete, drückte mich in seiner ersten Wiederholung der nächsten Tage zu Boden. Ich hörte und sah es gleichsam nicht mehr, es war nur noch da. Es, sage ich: nämlich ich und der Tod und noch vieles andere, was auch noch ringsum Existenz hatte, sei es auch nur die des Untergangs. Vielleicht aber auch nicht nur des Untergangs, denn wir leben ja viel zu wenig lange, um das beurteilen zu können.

Ein Schreien war draußen, ein leeres Gelärme, das an diesem Orte wohl immer schon um Mittagszeit begann vor einem Feiertage. Das Zirkuspferdchen hupste vorbei. Es war in einem Aufputz, der zum Weinen rührte.

Dann erscholl mit einem Male ein fürchterliches Gebrüll: Schweine. Gewiss war Fütterungszeit. Gegenüber stand nämlich ein niedriges Gehöfte aus Holz, im Geviert gebaut, darin mochten sie untergebracht sein. Und mitten hinein tönte der klägliche Ton jenes ihm ähnelnden Kinderspielzeugs: jener kleinen Schweinsblase, die immer wieder stirbt und unter ihren vier entkräfteten Füßen zusammenbricht. Es war echt Jahrmarkt. Nur war etwas Drohendes dahinter. Nur etwas zu viel Staub war darauf. Und eigentlich keine Leute, keine Zuschauer, respektable Käufer des Vergnügens. Es war Bettlervolk, das Staub fraß.

Ich stand auf, angeekelt von der Speise. Den Gast hatte ich plötzlich vergessen. Es machte die Klage dieser kleinen Schweinsblase so müde, und dahinter das große, wirkliche Geschrei. Und die Mittagszeit, die einen umbiegt... Was sollte ich jetzt nur tun? Sollte ich etwa schlafen? Es wird alles versucht, wenn uns nichts mehr übrig bleibt. Es war zwar greller Tag. Und als ich in meine kleine Stube trat, sah ich erst, *wie* grell er war. Er war gleichsam für immer da hineingestiegen. Und während draußen vielleicht einmal um Dämmerung jegliches Ding, das sich am Tage sinnlos laut selber bei seinem Namen gerufen hatte, mählich vergaß, und auch einmal wieder der Mond aufstieg, und über seine Dächer und Hügelränder ging, und mit den Pappeln spielte wie mit Springbrunnen, blieb hier alles unberührt dasselbe, hier oben in meiner Stube. Es musste so bleiben. Hier das Bett, der Tisch, der Kerzenleuchter, der nicht nottat, die Wände selber, sie alle hatten so viel nüchterne Wirklichkeit aufgespeichert, dass nichts sie bewältigen konnte. Sie, diese Wirklichkeit, war Herr an diesem Orte. Darum muckste ich mich auch nicht. Ich öffnete sogar noch das Fenster.

Müde, wie ich war, stand ich daran und wartete. Vielleicht doch auf die Nacht, vielleicht die Nacht des Schlafes? Ich wusste nicht. Ich stand und schaute hinab. Ich erfasste es endlich: Es war der Hof mit den Schweinen, der mich so interessierte. Und dabei dachte ich noch zugleich an vieles, wie immer, wenn es einem elend ergeht. Ich dachte zugleich an den hämischen Blick des Wirtes, als ich bei ihm eingetreten war, und ich dachte an ein schwatzhaftes Gespräch der Bedienung, das ich von fern mit angehört hatte und das sie von selber halblaut mit dem Tode geführt hatte. Oh, solch Gespräch und solchen Blick vergisst man nie mehr, auch wenn man sie scheinbar mit träumenden Ohren und träumenden Augen vernommen hat. Oh, und ich hatte viel so Nie-zu-Vergessendes. Ich war geradezu reich daran. Und doch beklagte ich mich nicht eigentlich über diese Gabe der Erinnerung.

Wusste ich doch um einen Menschen, der immer und immer unter einem solch hämischen Blicke zu leben hatte, ohne dass jemand zu sagen wusste warum. Ja, ich hatte ihn schon am Orte gefunden, einen von dieser Art: einen Schweinehirten.

Dieser greise Knecht ging, während ich mit hungrig werdendem Blick hinabsah, viele Male über den Hof.

Er ging mühelos, was seinen Eifer anbetraf, weich beinahe, wie ich mir im Jenseits denken könnte, dass einer da noch ginge. Aber er ging gebückt, »beinah zu Tode gebückt«, wie ein alter Volksspruch sagt; und die Dinge, die er fasste, schienen mit ihm zugleich auf ebener Erde zu sein, und waren doch so bald über ihm, höher, als er selbst schien, weil er so alt und gebückt war.

Ich sah es an diesem Nachmittag, und es ist in mich eingekerbt für immer: wie er mit solcher Liebe die Tiere pflegte, dass ihm diese Liebe beinahe ein Lächeln während der Arbeit abgewann. Ein Lächeln freilich mit Seufzern und Räuspern untermischt, wie es nur alten Leuten eigen ist. Ein Lächeln, das ganz ein wenig an das höchste Alter und an die Tiere selbst erinnert. Freilich nicht aus animalischem Fühlen, sondern nur aus Mitgefühl, aus Liebe heraus. Oh, man konnte das sehr wohl auch, wenn man wollte, Beschränktheit nennen, ärgste Beschränktheit. Und ich bin gewiss, dass er oft keine bessere Nahrung bekam als die Schweine selbst. Denn das harte Brot musste seinem zahnlosen Munde wie Stein sein. Immer fauchten die Tiere danach, wenn sie ihn damit kommen sahen, das habe ich dies eine Mal und dann noch viele Male erlebt. Und außer den Tieren wusste es auch der ganze Ort, dass er das harte Brot bekam. Und wie diese Schweine wusste es auch kein Mensch, warum.

Der Wirt, mein Wirt und zugleich der Herr des Schweinehirts, war der Sohn nur dessen, dem er eigentlich gedient hatte. Dieser eigentliche Herr nun, den sein Knecht überlebt hatte, und dem er gleichsam noch als einem Toten diente, war ein guter, rechtschaffener Mann gewesen. Der Sohn aber, wie es ja oft ohne weitere Erklärung und ohne Übergang geschieht: boshaft und herzlos ohnegleichen. Ein Mensch war er, dem das eine Freude machte, was uns Grauen einflößt. Er war es, der täglich selber seinem Knechte dieses Brot gab. Er ging gleichsam täglich verwegen bis jäh an die Grenze dieser Unschuld. Er wusste, dass er nicht abstürzen konnte, dass sie ihn trug. Denn, mochte auch innen in dem Knechte eine Weisheit sein, die das alles sah und fühlte, so doch nicht so nach Menschenart.

Er war zu alt dazu, er war fünfundneunzig Jahre. Und früher, ihr mögt lachen, war er vielleicht zu jung dazu gewesen.

Wenn einem niemand sagt, wo das Kindsein aufhört, weiß man es vielleicht auch nicht.

Er wenigstens, so las ich ihm ab, klagte höchstens über den jähen Rückgang des Anwesens, sodass sein Schweinegehöft nur noch ungefährdet und in immer gleichem Werte blieb. Er klagte vielleicht in diesem eigensten Sinne über das rohe Gebaren des Wirts. Denn die Wirtschaft war immer leer. Da kamen nur fahrende Leute und dieser Tote und eine arme Frau, die seinem Hause durchaus keine Ehre brachte. Und waren auch sie fort (sann ich ihm nach, denn man konnte gleichsam alles durch ihn hindurch lesen), – wer kam dann?

Schließlich würde noch der Schweinekoben selber die Zuflucht seines harten Herrn werden. Und er, der

Fünfundneunzigjährige, würde dann hinausgetrieben. Denn schnell geht es bergab in die Armut und Not eines Menschen, wenn sie nur einmal eine Zeit lang heimlich gedauert hat.

Aber eben das machte ihn nicht unruhig, das las man von oben ab.

Eben das war das Geheimnis.

Das steht in dem großen Buch geschrieben an jeder Stelle. Er selbst war ein Wort aus ihm. Ein Wort war er, an eine besondere Stelle gerückt. Im verlorenen Sohn stand er geschrieben.

Ich dachte lange darüber nach. Denn während der Lärm da unten sich immer mehr ergänzte und vervollständigte, entstand innerlich in mir durch diese einfältige Anschauung eine selige Stille.

Und so deuchte mich die Geschichte auf drei Weisen erzählt:

Auf die Weise des hartherzigen Wirtes, auf die Weise des einfältigen Knechtes und auf meine eigne Lebensweise. Jeder von uns dreien war eine Geschichte des verlorenen Sohnes.

Nur, wann sie endlich einmal reifen würden und süß abfallen, in das Paradies, das wusste man nicht. Mit dieser Betrachtung legte ich mich andächtig schlafen. Es war zwar noch nicht einmal Abend geworden. Aber bei mir war es Nacht. Ich hörte nur noch ein Wehen und Rauschen und fühlte, dass ein Wirbelwind über die Straße zog. Und dann legte einer Leitern an meine Mauer an und schlug mit einem gewichtigen Hammer einen Keil ein. Da war ich aber schon weit fort von mir. Und dann rief einer, der wohl Nägel zwischen den Lippen hatte, dem ein Wort zu, der das Seil befestigte, für den Seiltänzer, der es betreten musste …

Die Landstraße

Dritter Teil

Zugegeben, die Not, jene härteste, an der man zerbirst, war mir nur immer dem Namen nach bekannt gewesen. Und der Mensch ist darin wie das Tier, von dem wir sagen, wenn wir es grasen sehen: »Wenn es wüsste, was ihm bestimmt ist, es würde brüllen und in die Flucht laufen …« Aber es geht nicht von seinem Platze. Es hat noch einen Tag und noch einen und noch einen allerletzten … Und ich habe einst, früher noch, einen Hund im Hause gehabt, der war von einer Flucht auch noch wieder zurückgekehrt, nach schon drei Tagen. So ist auch das nichts: das Fliehen … Wir sind eben von der Welt umgeben, von dem, was uns beisteht, und von dem, was uns bedroht. Wir erkennen es nur nicht gleich. Wie bei den Feldtieren, und vielleicht auch bei den anderen Tieren, muss die Bewegung hinzukommen; die sagende, unverkennbare, wenn wir nicht ohnedies schon gewittert haben.

Ich ging also nicht in dem Sinne des Entrinnenwollens fort von hier, sondern in gleichem, langsamem Schritte betrat ich einen Pfad zwischen den Hügeln hinauf.

Es war ein besonders glänzender Tag. Und wenn auch Gras und Blumen in dieser regenlosen Zeit keine Schönheit mehr aufnehmen konnten, es blieb ihnen da oben doch ihr eigentlicher Blumentod bewahrt, die Luft sang gleichsam. Ein Schwälbchen zwitscherte mir beinahe in meinen Mund hinein. Ein Lamm kam. Und ich sah an seinen noch liebender werdenden Umrissen, es wollte gestreichelt sein. Freilich war es um diese Weichheit nicht so bestellt, wie ich vermutet hatte. Seine Wolle war so dicht gewölbt, da, wo sie schon in Streifen wuchs, dass sie nur in der Idee gut war anzufassen. Und seine nackten Stellen waren kühl.

Es begegnete mir außer diesem Lamme auch noch ein Kind, ein wirkliches: eine seltnere Begegnung, als man glaubt. Und oben, auf dem Rücken des Hügels stand wieder ein sehr alter Hirte. All das empfand ich dankbaren Herzens. Dann aber ging es wieder von einem in die Augen fallenden Ausblick fort in die Niederungen; wohl wissend, dass mir der weite Blick nicht erhalten bliebe. Denn da oben ist seit alter Zeit her die Verführung: die falsche Hoffnung eines sich von selbst verjüngenden Lebens.

Man hatte mir genau das Haus, in dem ich wohnen könnte, bezeichnet. So fand ich es auch sogleich: mit dem Finger hätte ich darauf hinzeigen können. Das hochreichende und beinahe bis zur Erde gelangende Dach bedeckte zugleich Wohnung und Scheune. Und wenn man glaubte, dass sich die Vögel auf diesem Dache niederließen, tauchten sie ins Gras unter oder sie verschwanden in einem Baume. So sehr in die Niederung war dieses Haus gebaut.

Aber das, was ich sagte, empfand nicht die ganze übrige Welt. Sie trennte da alles scharf, haarscharf, wie man sagt. Für sie war es sein Eigentum, verglichen mit einem nebenan, einem ärmeren, oder aber mit einem ebenbürtigen, das in der Ferne lag. Es waren Quadrate und Längsecke, die eine laute Sprache miteinander führten; diese ganze Landschaft war eingeteilt im Sinne der menschlichen Macht. Da waren zum Beispiel die Pferde; von ferne erblickte ich sie schon, eine ganze Koppel nackter bäumender Pferde. Etwas Reiches war an ihnen, etwas von unverdorbener Kraft, was auch auf den Besitzer überging. Bei diesem Bauer hätte ich gerne gewohnt.

Aber das war nicht mein Besitzer; mein Besitzer war ein ganz anderer. Und er war doch scharf nebenan. Ihrer beider Eigentum schien kaum trennbar für ein unbewandertes Auge. Und nichts als das war ich. Und nichts als das besaß ich. Ich war eigentlich noch ein Kind nur, das gerne wieder einige längst verfallene, verspielte Würfel von Neuem in seinen Becher gestrichen hätte. Aber es spielte ein Höherer mit mir, als ich glaubte: dem war ernst darum, wer gewann. Es sollte wenigstens entschieden werden. Und er wurde sehr deutlich, bis auf ein paar freundliche Augenblicke: bis auf die Schwalbe, bis auf das Lamm, bis auf den Hirten.

Es war, als wenn da unten jemand auf mich gewartet hätte. Ich beeilte mich etwas. Und wirklich: Unten vor dem Hause in der Mulde wartete eine Frau. Die Glocken schlugen ringsum in den Bauernhöfen. Es war Mittagszeit. Die Kirchenglocken in den ferner liegenden Ortschaften bekräftigten es. Gott war da irgendwo. So wie auf den alten Kirchenbildern mit Mantel und Krone. Etwas jubelte in mir. Etwas in mir hatte gesiegt. Aber da wartete wirklich noch die Frau. Sie wartete vielleicht auf ein Kind. Aber wie sie mich mit diesem noch lange noch nicht kommenden zugleich anschaute, hatte es etwas Überweltliches. Sie kannte mich Fremde gewiss schon ebenso genau, obgleich sie doch nicht wesenhaft sich äußernd zu leben schien. Sie war ja nicht etwa eine Wirtin oder eine Bäckersfrau. Nein, das, was sie war, blieb sie, solange ich dann auch noch um sie war: Sie war Taglöhnerin. Und die ersten Worte von ihr, und die letzten, die ich nach Wochen hörte, änderten nichts an dem Stand, den es gibt; ja unserer beider besitzloser war auch noch jeweilen ein anderer. Und das, was uns wiederum irgendwo über der Welt zusammenbrachte, änderte auch nichts, gar nichts an dieser unwesentlich scheinenden Weltordnung.

Das war der Eintritt in das Haus. Es war ein deutlicher, und während ich da lebte, aß, schlief, schrieb, las, sang: vergaß ich ihn doch nicht. Das Zimmer, das meines wurde, und das sie mir gleich nach wenigen Fragen gezeigt hatte, war ein ganz ländliches, und darum war es gut. Es war auch billig. Wer hätte auch in diesem Hause den Wunsch gehabt, mir mehr dafür abzufordern, als es kostete. Es gehörte ja ihnen nicht. Das Haus stand unter dem Hammer. Ein in der Stadt verkommener Spekulant zog die Versteigerung nur hinaus. Er setzte eine Taglöhnerfrau hinein als Bewacherin des Anwesens und außerdem eine winzigkleine Mietpartei und mich. Das heißt, für mich hatte das mir fremde, dem ich fremde Schicksal eine kleine freundliche Tule da gegraben, auf eine Weile.

Wer nach mir da hereinkam? Niemand, ich weiß es: Das Haus wurde versteigert. Das, was ich nun hörte, war: die größte Stille den ganzen Tag. Zwar drehte sich unablässig eine Nähmaschine. Sie sprach gleichsam kurze und lange Sätze, eine ganze Schürze in einem Atem. Manchmal trat jemand zu einer Kommode und öffnete sie und schloss sie wieder. Das aber war nur wieder Stille der Arbeit. Die lärmt nicht, die beunruhigt nicht. Nur mit der Zeit hätte ich gern die Frau gekannt, die die Stunden so in gleichem Maße bediente. Ich fühlte gleich, wie sich ein erfundenes Idealwesen einstellte. Wie es gleichsam in ihren Fußstapfen ging. Aber dann hörte ich wieder einmal einen harten Tritt, wie mit dem Absatz gegeben, oder aber ein Lied begann. Beides war mir gleich schrecklich, beides schien ein und dasselbe zu sein. Aber man singt doch nicht etwa mit den Füßen? Man geht doch nicht in einem Gesang, einem unnatürlichen, durch das Leben? Das Leben war doch natürlich. Oder auch nicht? Machte es nicht das Unwahre zum Wahren? Hatte es nicht von jeher einen Kampf, eine Spaltung zu sich selbst zurück bestanden?

Aber da mochte die zerrissene kleine Stoßkante umgebogen sein. Die Nähmaschine begann wieder unentwegt zu säumen und zu säumen. Es war eine

Lust! Und draußen sang ein Vogel, so nah, dass man ihn nicht mehr überhören durfte. (Denn wer schwer lebt, wird naturfeindlich; zuerst gegen die Vögel, zuletzt gegen die Blumen, allerletzt gegen sich …) Das Vöglein hatte sich inzwischen auf einem der kleinen Fensterflügel niedergelassen. Ich atmete kaum. Darum auch ward es bald mehr wie ich. Es schwabbte mit dem Schwänzchen, hob das Häuptlein, als stäk ein Lied darin. Dann endlich putzte es sich sein Gefieder mit viel Energie, wie nach einem Bad. Und unter ihm war doch nur die sich schnell wieder glättende Fensterscheibe … Ein Zittern, und es war wieder fort. Und ich war wieder da in meiner Schwere. Wie war ich nun allein, nur weil ich zu mir selbst zurückgekehrt war! Kommt man da nicht auf den Gedanken, so ein anderes Geschöpf zu beneiden? War es nicht leichter, ein Vogel zu sein? Es kam mir nicht infrage. Ich war ich, und wenn ich mich auch besser, schöner haben wollte, so doch von mir ausgehend. Mein Herz war mir teuer; ja, es war mir nicht nur teuer, es war mir heilig. Ich hätte es bis in den Tod der Vernichtung verteidigt. Immer hätte ich mich dazu bekannt.

So war es an diesem Tag. So war es an vielen Tagen. Immer wieder gingen die Dinge einen neuen Weg, die ich lebte. Manchmal war ich teilnahmslos oder hatte gar Langeweile. Aber immer war es schließlich ein Tag des Lebens, die lebendige Niederschrift des Lebens selber, wenn man so sagen will. Meine Verzweiflung, meine Schwermut wurde dahinein von mir gegraben. Auch meinen eignen Tod würde ich selber eingraben müssen. Das wusste ich. Das behütete mich vor vielem.

Denn es war trotzdem nicht sehr leicht, in diesem Hause zu leben. Erstens schwebte es, wie schon gesagt wurde, unter dem Hammer. Es war verpfändet in unserm Gefühl. Wie beschämend das war, wie hinausweisend. Immer, tagtäglich konnte man sein Bündel bereithalten ... Dann hatte das Haus auch keine Glocke. Alle anderen läuteten um Mittags- und Abendzeit, wenn sich die Glocken der umliegenden Kirchen schwangen. Dieses Haus blieb stumm. Es war eben schon nicht mehr. Es besaß auch kein Vieh, nicht einmal Kleinvieh. Und wenn es das auch gehabt hätte ... Es gehörte ja bereits nicht mehr ihm.

Nur das Gärtchen noch mit den buchsbaumumsäumten Beeten predigte fortwährend einen Besitz, predigte Sparsamkeit und Fortdauer des Lebens. Es dufteten von dorther Levkojen und Reseden! Und der ernsthafte Spinat ging da getreulich seine ihm vorgeschriebenen Saatwege. Vögelchen hielten sich auf bei jungen Salatköpfen. Es schien ihnen außerordentlich zu gefallen in diesem Garten. Und wem gehörte nun er? War er nicht nur das Sträußchen auf eines Bettlers Hut? Nein, als das durfte man ihn nicht verunehren. Er war doch Fleiß. Täglich goss ihn eine Hand, jätete, harkte die spröd gewordenen Beete ...

Manchmal sah ich in das Gesicht der Arbeitenden. Ein kleines, verwelktes, aber immerhin noch nicht alterndes Gesicht war es. Es hatte schwarze, hervorstechende Augen. Die Haare, gleichfalls die dunkelsten, fielen in einer unglaublichen Frisur herein. Es war der Turmbau zu Babel, ins Modernste und Kleinlichste übersetzt. Im Übrigen war es wieder Landfrau. Ein Nachtjäckchen legte sich in seinem breiten Schwung um einen derbgestreiften Unterrock. Schließlich waren noch die Schuhe, wenn sie ferne fort sich bewegten, bemerkbar. Es waren Halbschuhe aus Lackleder, aus verblichenem. Wenn sie so beieinanderstanden, wars, als ginge es da schief abwärts oder als wollten sie etwas erreichen – so auf ihren äußersten Spitzen standen sie. Es waren Tanzschuhe, das sagte ich mir. Ich dachte an die Nähmaschine, an das Lied nebenbei. Also das sah so aus? O Gott, ich hatte vielleicht seine verdorbensten Triller noch nicht gehört. Vielleicht war es mir so vorgesungen, gleichsam erst ein unschuldiges Schullied gewesen, eine harmlose Vorstadtdarbietung. Und diese ältliche Figur da draußen war noch etwas ganz anderes.

Und ich fühlte schon: ich durfte sie mir nicht ersparen. Ich durfte nicht in mein Klausnerdasein zurückkehren, wie es mir immer so lieb war – ehe ich das hier enträtselt hatte. Es war nicht erlaubt, mit einer selbstgedachten und selbstgefügten Person sich zu begnügen; auch wenn sie lebte, wirklich lebte, neben mir, wie ich sie sah. Ich musste in ihrem Leben stehen, so wie in einem ungetrennten Raume. Sie musste in mein Leben herüberragen. Und diese beiden Leben mussten miteinander kämpfen und siegen und unterliegen. Erst dann war es nicht nur richtige Fantasie, erst dann war es das Leben selber.

Dies war meine nächste Entsprechung. Und sie traf mich stark. Sie schlug mich gleichsam. Aber sie war auch gleichzeitig eine Berufung, und so arm und schwach wie ich war, durchzitterte sie mich darum mit der Begierde des Ehrgeizes.

Es war inzwischen Abend geworden an diesem Tage. Die Taglöhnerin hatte meine abgegessene Mahlzeit abgeräumt. Es berührte ein roter Himmelssaum mein Fensterbrett. Wie ein sich selber teilender Blutstreifen trennte er sich daselbst und versank rechts und links in die Ecken. Es wurde Nacht. Also, es war alles bereit. Das Theater dieses Lebens konnte nun beginnen.

Ich gab meinen Gruß. (Meinen ersten, denn die früheren waren eher ein sich ferner rückender Blick gewesen.) Und wie alles, was lange aufgespart gewesen, drang er nun erwidernd, kaum geheißen, hervor, kollerte mir gleichsam bis vor die Füße.

Es erschauderte mich, wie schnell das Gespräch gedieh, wie es sichtlich unter meinem Fenster emporschoss.

Jetzt stand schon die Frau da mit ihrem Erstaunen über mein Leben. Dass ich es hinnahm. Ich hätte es zwingen sollen. Sie hatte recht, ohne es zu wissen. Denn sie schien viel klüger, als sie in Wirklichkeit war. Es war im Grunde gleichsam alles, was sie sagte, nur eine armselige Spekulation über ein Haus, das schon unter dem Hammer lag … Eine Spekulation, bei der zwar für sie nichts heraussah, für mich nichts heraussah, für niemanden etwas heraussah. Aber immerhin war es eine. (Wir handeln ja alle gern über die Köpfe der andern hinweg.) So hörte ich auch geduldig zu, als sie mich frug.

Warum ich da war. Das war sehr viel gefragt. Ich war da, weil ich allein war.

O Gott … Wenn man einen Stein fragt, warum er allein ist; warum er aus dem muntersten Zusammenhang herausgekollert ist auf eine einsame Stelle … Ich antwortete ihr nicht. Ich redete überhaupt beinahe nie an diesem Abend. Sie aber sprach für mich. Auch nur dann war es ein Vergnügen, überhaupt zu reden … Sie dachte darum lange nach, bis sie an meiner statt beantwortete. Prophetisch. Und zugleich mit ihrem eigenen Maßstab sagte sie mir voraus, wie es mir zumute sein würde:

Mir würde, wenn ich in meiner Einsamkeit verharrte, nie wohlig werden im Leben. Ich sollte mir's gründlich überlegen. Denn das Leben müsste doch schön sein, schön mit der Welt sein. Sie war der Fenstervorhang, sie war der Geranienstock. Sie war die Uhr und die Lampe. Sie war unser Bett, unser Tisch. Sie war die Tür, zu welcher wir hereintraten und zu welcher wir wieder hinausgingen. Und war sie nicht da, die Welt, so war alles nur Kulisse, windige Kulisse, und vor dieser Tür war nichts, war der Abgrund. Unser Abgetrenntsein war da, unsere furchtbare, selbstgeschaffene Absonderung.

Das erwartete mich. In Wirklichkeit war sie jetzt schon da, heraufbeschworen durch ihre Worte. Denn wenn es auch vielleicht nicht gerade diese waren, es waren doch die Worte, die ich hörte, und wiederum sie, die sie aussprach, die Frau mit der babylonischen Haartracht und den vertanzten Lackschühchen.

Ich erschrak. Aber ich rührte mich nicht. Nun kam sie daran.

Die Nacht war inzwischen eingeordnet in sich. Der Zaun war nah gerückt, als sei er auch gesprächig geworden. Die Levkojen waren ein sinnlicher Eindruck geworden, die Reseden ein an den Geruchssinn gehaltenes Sträußchen. Der Spinat war in langsamem, nachdrücklichem Schritt gleichsam in die Erde gegangen; und der Salat, weltlich oberflächlich wie er war, längst verschwunden. Nur die Buchsbaumumfassungen mit ihren Geschwisterpaaren, den Wegen und den Beeten, hatten Beziehung zu den Sternen gewonnen. Zwar eine sentimentale, singende, beinah sich selber veräußernde. Aber immerhin war es eine Beziehung zu den Sternen, und das war nicht gering zu achten. Ich schaute feierlich empor; dankbar. Diese waren da. Und dass wir sie nur sehen konnten, war schon ein solch unerhörtes, göttliches Geschenk, eine Gegengabe unserer Einsamkeit …

»Nimm du, was du willst«, dachte ich mir. »Ich will aus mir heraus in diese Sterne schauen. Und sollte mich das Leben, einsam wie es nun schon einmal war, dennoch drängen, zu zweit zu sein, so doch nur wiederum als alleinige …«

Ich war recht gut daran. Aber die Frau, die nun bereits auf meinem Fenstervorsprung saß, und die ich nicht mehr sah, sondern nur, mehr als mir lieb sein konnte, fühlte, nahm mich beim Arme. »Sie«, sagte sie leise, als habe auch sie dieses Wort von den Sternen gehört (natürlich war sie allwissend im gemeinen Sinne), »Sie sollten einmal das Leben so von vorne anfangen müssen, wie ich es gemusst in meinem Elternhaus. Dann würde Ihnen das Nicht-Wollen schon vergehen.«

»Mein Vater«, – ohne mich noch zu fragen ging sie so weit zurück – »mein Vater ist ein fleißiger Barbier gewesen. Er ist auch an seinem Berufe gestorben, wie alle tüchtigen Leute. Sie müssen wissen: Wiener Vorstadt. Da ist es keine Kleinigkeit, sein Brot zu verdienen. Und viele Kinder. Aber meine Mutter war vom Lande, die hat nicht viel Wesens um uns gemacht. Wir mussten eben arbeiten. Und jeder ist etwas geworden (und dann, wenn man schon immer meinte, es würde nichts mehr aus ihm). Einer ist Schneider, einer ist Glaser, einer ist Oberkellner geworden, einer Barbier, einer Schuster, einer Eiskonditor. Bitte, Sie müssen wissen: alles ohne einen Heller Geld. Wenig ist das nicht. Er ist auch stolz darauf gewesen, mein Vater. Ich war seine jüngste Tochter. Ich sollte nähen lernen. Mich hat er am liebsten gehabt.«

Während sie das sagte, schaute sie im Dunkel sehr stolz auf mich herab. Ich hatte dies alles nicht gehabt. (Oh, wie sie das wusste! Meine Kindheit, ohne das Vorbild eines Berufs, war wieder in sich zurückgegangen.)

»Sehen Sie«, predigte sie (sie hatte jetzt schon den Buchsbaumgarten wie einen Mantel fröstelnd umgetan und die Sterne entliehen aus der Ferne – was ist diesen Menschen nicht alles möglich), »sehen Sie«, predigte sie, »es ist immer was wert, wenn man so etwas kann.« (Sie meinte wohl ihre Fertigkeiten.) »Überhaupt kann man alles brauchen. Ich hätte nicht geglaubt, dass mir das Singen und das Zitherspielen noch zu etwas wert sei. Diese Lieder und Tänze, die nur zur Kurzweil gelernt wurden.« (Und sie ersparte mir nicht eine Probe davon.) Ich stand nun schon ganz im Dunkel. Sie aber wurde immer sichtbarer; wovon? Sie nahm ihre Stimme, schien wie an einer Zither gleichsam zu zupfen und begann ein Lied. Irgendein fernes Orgelmannslied war es, wie es die Blinden am Freitag in allen Höfen noch jetzt in Wien singen mögen. Ich horchte. Ich vergaß, dass sie es war. Es war wieder ganz Sternennacht und eine unerhörte Pracht dort oben. Musste es so schön werden, dass die Blumen verdunkeln und die Vögel verstummen durften? Ich sang, leise, aber ohne Melodie.

Da nahm mich die Nachbarin von Neuem beim Arm. Sie wollte mich anscheinend in dieser Nacht noch überzeugen. Ich horchte auf.

Sie erzählte immer noch von zu Hause. Es musste ihr heimelig sein. Neben der Badestube war noch eine kleine »Hausstube«, wie sie es nannte. Und da stand die Zither. Besonders am Samstagabend, vor dem Sonntag, wurde ihr Spiel gerne gehört. Da zitterte das Geschäftsglöcklein an der Eingangstüre immer von Neuem. Und mancher Gast verweilte länger, als er gemusst hatte. Daher kam es denn, dass sie nicht bei der »Nähet« blieb. »Man wird eben fortgezogen«, sagte sie. »Und zumal, wenn man jung ist. Was versteht man da schon viel von Beruf! Das, was das Angenehmste einem ist, ist einem auch das Erwünschte.« Und sie erzählte, in meine Stube hereingelehnt, weiter: »Ich wurde Zitherspielerin, und dann wurde ich Brettlsängerin. Ich habe vieles auch gelernt, was zu dem Beruf der Taschenspielkünstler und der Akrobaten gehört.« Ich horchte aufmerksam zu. Ich hoffte wohl, auch was zu lernen.

Eine Luft war jetzt, als sei die ganze Welt eine große Sammetblume. Einige Leuchtkäferchen begannen zu leben. Was ihnen wohl die Nacht war? Wenn eines sich entfernend dem andern nachflog … Aber dieses Wesen da, neben mir, veränderte sogar diese Nacht. Aus der einzigen Sammetblume machte sie lauter dauerhafte kleine Blumen auf ihr Altershütchen. Und die Leuchtkäferchen mussten ihr heimleuchten, eiligst noch heimleuchten zu einer verspäteten Stunde.

Wo war da die Wahrheit der Wahrheit, wo war da die Nacht, die beseligte? Wenn sie sich jedem anbot … Dieser hier und jedem … Ich schämte mich. Es ist wunderlich für einen armen Menschen, sich für die Nacht, für den Himmel zu schämen. Aber das Nachbarwesen blieb immer noch stehen. Sie tat nichts desgleichen. Sie probierte bereits ein neues Lied. Es hatte nicht mehr diese gereizte Jugendstimme. Zitherspiel war auch keines mehr dabei. Dagegen etwas Jahrmarkt. Etwas, sie wollte nicht. Sie hätte mir das niemals eingestanden. Aber ich hörte es auf einmal aus allem heraus; ich war auch einmal scharfsinnig.

»Sie wird doch um alles in der Welt kein Kind haben«, dachte ich mir, im Geheimen erschrocken. So wie sie da vor mir stand, sichtbar und unsichtbar, war sie das Unkindlichste, was man sich denken konnte. Sie konnte nicht einmal je eines Kindes Schatten gewesen sein. Und doch ... Wo war noch in der menschlichen Natur Ordnung, Zuversicht und Wahrheit, wenn sie so verbog? Und war nicht ich ihr übertriebenes Gegenspiel: die Übertreibung der Wahrheit?

Nacht war jetzt. Nacht. Keinem gab sie mehr sich teil, keinem nahm sie mit Willen sich fort. Nur wir waren es selber, die da die Gerechtsamen spielten; zu unserem eigenen Schaden vielleicht. Ich war müde, ich wusste selbst nicht wie. Und dennoch konnte ich nicht fort von hier. Schwer wie ich mich selber wusste, war ich gebannt und musste den Verlauf dieses fremden Daseins mit anhören. Ein Käuzchen rief bereits. Ein Vöglein duckte sich zurecht in ängstlichen Tönen, als habe es der Raubvogel schon beim Kragen, und doch war es vielleicht erst im Traum.

Traum, Sang, Klang gingen durcheinander; wie die Leuchtkäfer verfolgten sie sich. Es war kein rechter Bestand. Das Singen und Fliegen und Tanzen war eben ein Beruf für Vögel, Blumen und Schmetterlinge, allenfalls auch für Leuchtkäfer, aber nicht für Menschen. Und gar für solche, die das Leben schon satthatte, ehe es sie begann ... Oh, diese Vorstadtkreatur!

Es schrie etwas in mir. Vielleicht war es auch meine Müdigkeit.

Der Nebel ging auf den Wiesen wie eine Herde ferner Schafe. Der Wind trieb sie vorwärts. Eine Stunde wandelte um die andere.

Sie aber war gar nicht müde in dieser Nacht, meine Nachbarin. Sie redete immer noch weiter. Sie erzählte mir die Jahre. Das ist eine eigene Aufgabe, das kann nicht jedes ... Wie sie mit dem Teller sammelte, was sie wieder ausgab. Und wie jeder Gewinn in Gewinne geteilt wurde. Und wie dabei jeglicher Gewinn so klein wurde, dass es kaum mehr betrug als einen halben Tag, jeden Tag. »Der Tag war«, wie sie so furchtbar sagte, »oft nur halb bekleidet.« Und dabei war das Singen und Tanzen natürlich schon längst kein Singen und Tanzen mehr. Und die zu Hause hatten ein ehrliches Gewerbe, nur sie trieb sich herum in kleinen Städten und Marktflecken, beinah auf der Straße ...

Da konnte man sich nicht verwundern, dass sie meine große Sammetblume allmählich zu kleinen verschnitt. Sie erzählte es mir ehrlich: Sie beschloss, sie wollte heiraten. Es war ihr plötzlich eingefallen. Es war, als sähe ich selber den Abend in dem kleinen Garten, als sie das beschloss. Sie zog ihn, diesen Garten, gleichsam zu mir heran. Ein Buckliger saß an dem Tische unter den Kastanien. Er war es, dem sie gefiel. Ja, sie gefiel ihm. Er hatte Augen. Augen, nicht für heute und morgen, die hatten ja viele. Er hatte Augen für die Dauer der Dinge. »Siehe«, sagte er sich,

»der Tanz wird bald aus sein. Das Lied wird bald aus sein. Aber das Leben währt länger als Tanz und Lied. Vielleicht kann sie das einsehen. Und wenn sie das einsehen kann, wird sie auch mich sehen.«

Damit stand er auf und ging wieder. Aber immer, wenn wieder Vorstellung war, fand er sich wieder unter den Bäumen ein. Und einmal hatte er sogar eine Blume im Knopfloch. – (Ein Wind kam, als strählte er uns jetzt schon für den Morgen.)

Sie hatte aber inzwischen auch noch anderes im Sinne. Sie würde sonst auch nicht gar alles gesehen haben, was vorging. Aber immer wieder kamen auf irgendeine Weise ihre Zukunftspläne aufs Neue ins Wanken durch neue Ereignisse. Denn wenn auch sie und ihre kleine Truppe außerhalb der ehrsamen menschlichen Gesellschaft der kleinen Städte stand, so kamen sie doch, die kleinen Städte, sie anzusehen. Sie besonders, sie. Denn sie hatte ein besonderes Spiel. Da war sie in blauem Samtkleide und warf mit Goldsternen. Das gefiel ihnen immer am meisten. Sie klatschten da so viel. Sie gaben auch einmal sogar Blumen. Das war ihr noch nie vorgekommen. Einen vor allen, den schilderte sie. Das war ein großer Mensch mit roten Haaren. Der hatte sich wirklich an sie angeschlossen. Er ließ die Truppe leben. Der Wein kam immer von ihm. Und immer saß er am ersten Platz. Wirklich ein Mensch. Ein Richtiger war er, das konnte man ja sehen. Sie knüpfte Gedanken daran, Gedanken, die sie ja schon seit Längerem gehabt hatte. Er war nämlich keiner von den Unsoliden, die sich den Lohn vorwegholten. Er hatte nämlich auch seine Gedanken. Er wollte auch heiraten. Und gerade sie. Es war in ihrem Gemüte schon ein ordentliches Hochzeitsfest angerichtet. Der Bucklige war dabei vertrieben. Das heißt, er saß im Schatten. Die Lampions schwankten wie bei Gewittern mit ihren unruhigen Farbenköpfen. Dazwischen die Sterne, die das alternde Mädchen auffing und auffing. Es war wirklich zum Staunen.

Am Morgen der Tanznacht wollte sie ernst machen, erzählte sie mir. Da wollte sie abschließen mit dem Leben, mit dem halb unehrlichen Gewerbe. Sie wollte auch nicht einen Buckligen heiraten. Sie wollte einen heiraten, der gesund war und starke Glieder hatte und ein einkömmliches bürgerliches Gewerbe betrieb. Diesen wollte sie heiraten. Es war keine Frage mehr. Der Bucklige war vergessen. Mochte er ihr die Geige spielen zu ihrer Hochzeit! Denn er war bescheidenerweise Musiklehrer und suchte sich sein täglich Brot, während der andere es sozusagen schon besaß: Er war Metzger. Jeder konnte sich davon überzeugen; davon, dass er es war; und außerdem, dass er es in der geschicktesten Weise war. Sein Laden stand immer voll, bis zur Treppe, von schwatzenden Mägden. Und wenn ihn auch keine Bürgerstochter genommen hätte (denn Metzger sein ist eben Schlächter sein, und Schlächter sein an der äußersten Grenze ehrsamer Geschäfte), so würde es doch noch ein rechter Mann für sie, sie, die zuletzt schon mit den Sternen gespielt hatte und auch längst nicht mehr Bürgerkind genannt werden konnte.

Und innerhalb der Welt wollte sie sein. Das fühlte sie immer mehr. Innerhalb, nicht da, wohin sie mich hinprophezeit hatte.

Ich selber aber stand und fror bereits. Die Nacht hatte nun alles abgelegt, ihre Nebel, ihre Schatten. Es war Mondtag. Er war die Sonne der Nacht geworden. Meine Hand war silbern, die unsicher sich am Fensterpfosten hielt. Meine Augen selber fühlte ich Mond werden. Der Schlaf kam.

Aber, als wollte sie mich töten, sie, die abgewandt dieser Pracht stand, sprach sie weiter, immerzu weiter.

Sie erzählte die Nacht, die sie den Polterabend nannte. Sie erzählte vom Tanzen. Es spielten sogar Geigen. Eine ganz feine Geige spielte, eine selbst gebaute, verständige Geige spielte.

Es war jetzt umgekehrt: Sie wurden zu Publikum, endlich einmal, und jene blieben nur Musikanten. Mochte auch einer darunter sein, der besser war.

Ach, und die Not sollte jetzt ein Ende haben. Nicht einmal mit dem bescheidenen Leben hielt sie es mehr, mit dem spärlich auskommenden. Die Not sollte jetzt ein Ende haben. Wie man da tanzen konnte.

Das war ein richtiger Polterabend, eine Polternacht.

Sie schaute mir tief forschend in die Augen, die Nachbarin. Ob ich erriet? Sie wollte sich jetzt plötzlich das Reden ersparen. Ich wusste nicht warum. Ich war eingeschlafen wie ein Tier, im Stehen. Ich war weggewesen. Freilich nur einen Augenblick. Augenblicke des Schlafes sind bei Nacht wie eine Ferne von Stern zu Stern. Wankend (denn der Boden unter mir war durch ihr Gespräch mir bis auf das letzte, ärmste Fleckchen fortgenommen), wankend sah ich sie vor mir stehen, die Frau, in der Haartracht, in dem Jäckel, mit den Schuhen, so, wie ich sie mir treu eingeprägt hatte. Es war, als wogte ich vor und zurück, sie aber war unbeweglich.

Trotzdem wunderte es mich, dass sie noch da war. Es waren doch abertausend Jahre verstrichen.

Die Nacht hielt mir nachsichtig die Reseden und Levkojen vor das Angesicht … Ich atmete. Lange.

Und inzwischen tanzten die Leute fort in irgendeinem Garten. Ja, ich sah sie lärmen und sich drehen, ohne dass sie, die Nachbarin, mehr viel darüber zu reden brauchte. Sie schaute nämlich immer noch in das eine Wort, das sie nicht gerne sagen wollte. Sie wartete förmlich, bis Tanz und Trunkenheit bis zum Unnatürlichen gesteigert waren. Bis es selbst von den Lippen sprang, dieses Wort, von ihren jetzt doch ganz nüchtern scheinenden Lippen …

Eine aus ihrer eignen Gesellschaft war es, die es schließlich zuerst gesagt hatte, dieses Wort. Und dass es wahr war, merkte sie alsogleich an dem Stillstand des Tanzes, an dem plötzlichen Lebloswerden ihres eigenen Tänzers. »Henker« hatte eines aus ihrer Gesellschaft gesagt.

Und dann, als ob es niemand noch verstanden hätte, berichtete dieser Gast ausführlicher:

»Ja, Henker. Ehe du Metzger wurdest, bist du Henker gewesen. Darum nimmt dich auch kein bürgerliches Mädchen. Darum musst du eine von unsrer Truppe heiraten. Ja, Henker bist du gewesen, Henker und Henker.«

Es war, als drehe sich die Welt. Ho, lachend sah ich einen Stern fallen. Still, vielleicht fiel er in diesen Garten …

Aber sie schien nicht darauf warten zu wollen, die Nachbarin, ich sah ihr nichts an, dergleichen.

Sie redete nur mit leisem Ton noch fort, als überhörten wir sonst wirklich eine Geige, und sie sprach weiter:

»Er merkte sogleich, dass der Tanz aus war, der respektable Hochzeiter. Das heißt, ich tanzte auf eine Weile noch allein fort, auf eine andere Weise: Ich wurde krank. Ich träumte drei Tage und Nächte lang immer ein und dieselbe Tour. Ich träumte: Ich tanzte mit meinem Henker. Da fiel ihm der Kopf ab. Aber er tanzte weiter und tanzte noch immer eine Weile weiter mit mir, ohne Kopf. Dann aber begann der Traum wieder von Neuem. Und immer fühlte ich in seinem Anbeginn schon das Ende. Oh, Gott mag wissen, was ich in diesen drei Tagen und Nächten gelitten habe.« Ja, das sagte sie. Und ich habe es, trotz ihrer Abscheulichkeit, selten noch jemanden so schön sagen hören.

Dann ging ich schlafen. Das heißt, ich lag wie übergossen vom Mondlicht stundenlang auf dem Bette. Ich wusste kaum mehr, ob ich geträumt hatte oder ob das wahr war. Nur als die Tageshelle selber langsam mich wie eine Kranke gesund pflegte und erweckte (denn sie meint es bald so und bald anders), sah ich es ein, es war kein Traum gewesen.

Und als mir dieses klar wurde, beschloss ich zu reisen. Denn dieses ihr bewusste Wissen, dieses Sich-gemein-Machen, dieses Wiedereinschmelzen von vielen in eines war mir plötzlich zuwider geworden. Und in mir hörte ich, als hätte ich es nicht noch kürzlich selber gesagt, sondern als tröstete mich gleichsam ein anderer mit mir: »Ich war ich, und wenn ich mich auch besser, schöner haben wollte, so doch von mir ausgehend.« (Und nach und nach versiegte die Mondnacht in mir.) Ein Sonnenstrahl um den andern durchbrach das Stahlkleid des Morgentaues. Ich legte das Geld hin, der Taglöhnerin. Dann verließ ich das Haus, unhörbar und eilends, als hätte ich höchste Stunde …

Als ich schon ganz unten angelangt war, wo der Seitenpfad in die Landstraße mündet, begegnete mir ein kleiner Buckliger. Er schob ein Fahrrad mit der einen überlangen Hand, und mit der andern hielt er eingehüllt eine Geige oder Mandoline. Ich sah es besonders daran, wie er das Fahrrad wendete, dass er dahin wollte, wo ich soeben hergekommen war.

Sonne badete sich in Schatten. Schatten in Sonne. Einen wirklichen Vogel unterschied ich kaum mehr von dem Flattern des Lichtes. Nur ein inniges Tirilieren – kam es direkt aus dem Himmel oder aus der Wiese selber? – schlug zugleich an im Herzen. Nur mein Gedächtnis glaubte noch an den Lauf der vergangenen Stunden, an den Tritt in einer Stube und an das Rattern der nimmermüden Nähmaschine. Aber sichtbar war nur noch ein brauner Strich, der das Dach war über einer Summe von Erlebnissen … Und wie ein Gestirn ragte schließlich von der Anhöhe noch einmal ein Hirte zum Himmel. Denn was will Gott anderes, als dass man sich mit sich selber versöhne.

Von einem alten Wirtshausschild

Es lag vor mehreren Jahren noch in einer verborgenen Gegend Steiermarks ein altes Wirtshaus. Da stand es, wo man es gar nicht anzutreffen hoffte. Es stand mit seinem einen Stockwerk da, ganz so, als sei es unbewohnt und von einem Geiste hingeätzt einem anderen zur Deutung, was denn eigentlich ein Haus sei. Über der Türe aber hing ein Schild mit einem prächtigen Hirschen daraufgemalt. Der schwang sich mit seinen Vorderfüßen in den Wald hinein, während die Hinterbeine verweilten und einen Kirchturm und etliche Häuser durchblicken ließen. Eine ganze Welt, an deren anderem Ende ein Jäger kniete, ganz klein und belanglos, mit der Schrotbüchse in der Hand. Er zielte und zielte, als sei es ihm erst nachträglich eingefallen, dann erst, als längst der Hirsch schon enteilt war. (Manchmal geht es den Menschen so, nicht nur mit dem Wilde des Waldes.) Dieses Bild aber wollte gewiss nur die Kraft und die Herrlichkeit dieses Tieres schildern und das Haus einprägen da inmitten der Wälder auf einer Matte stehend, das eine Gaststätte sein sollte. Es fand sich aber höchstens ein Jagd- und Forstmann oder ein Kohlenbrenner oder aber ein heimkehrender Senne in dieser Unwegsamkeit zurecht; und dann nicht, um Wein und Bier, sondern um aus einer großen klaren Flasche Schnaps ein Gläschen zu verdampfen. Man schwieg dann, denn ohnedies war niemand da als eine schwerhörige Greisin, die immer selber dem Gast Glas und Flasche überließ. Denn sie konnte ein solch tropfenweises Getränk nicht mehr eingießen, ohne zu beben und zu zittern. Ja, sie musste auch beinah blind sein, denn als wirklich ein Fremder einmal kam und, dieser Eigenart des Gasthauses fremd, sie wies, ihm einzuschenken, goss sie auf den Tisch; obzwar vorsichtig, doch einfach auf den Tisch. Und zu solcher Hantierung sprach sie auch nicht, weil es doch nutzlos war, weil sie taub war. Leer war sie wie ein unbewohntes Haus, in dem man ruft und ruft und niemand erscheint. Taub war sie. Und alt war sie, dass ein Urenkel noch, groß wie er war, sich an ihr zittriges Wiegenlied an seinem Kinderbette erinnerte. Sie war so alt, als habe der Tod mit einer recht hohen Zahl bei ihr erst mit Rechnen angefangen und zähle jetzt hinaus, hinaus bis ins Hundert und mehr. Ja, diese Frau war sagenhaft. Ob sie etwas tat? Gewiss, sie tat etwas. Sie tat, was in einem so wenig belebten Hause zu tun ist. Sie legte ein Feuer in den Herd und rückte einen Hirsebrei zurecht. Viel mehr gab es nämlich nicht zu essen bei ihr, außer der Milch, die ein kleiner Hirtenbube brachte, morgens und abends. Freilich, manchmal tranken auch ihre Leute Schnaps, aber das war dann nicht ihre Sache. Sie bediente gleichsam das Leben, womit das Leben sie bediente. Mit dem Vieh aber hatte sie auch längst nichts mehr zu tun. Das besorgten die Männer, die Enkel und die Knechte, die früh und mittag und abends ums Haus waren. Die jodelten wohl auch einmal, aber mehr für sich und die Felder und die Almen, zu denen sie immer wieder hinaufstrebten; und die Greisin stellte deswegen die Schüssel nicht eiliger auf den Tisch und rückte auch nicht die Stühle zurecht, wenn die Mannsleute so schon im Umkreis waren, denn sie hörte es nicht. Für sie gab es nur eine Zeit, die in ihr war; eine uralte Zeit. Die fing früh an und brauchte bereits keinen Schlaf. Weiß Gott, wie viel mondklare Nächte an ihrem kleinen Kammerfenster sich schon eingerichtet hatten.

Und sonst geschah nicht viel Außergewöhnliches. Es war da, was da war. Und Arbeit war das meiste. Und wenn man diese Menschen nicht beim hellen Tage gesehen hätte, man hätte geglaubt, es seien alles lauter kleine alte Männer. Aber das war nur ihre Einsilbigkeit und Wunderlichkeit. Im Übrigen verlor sich auch einer ab und zu auf einen Tanzboden und anderswohin. Aber das war dann an einem Juchheitag, an dem das ganze Land sich drehte: um Fastnacht und um Erntezeit; da fragte niemand danach, dass auch diese kamen, die man ganz vergessen hatte. Und wenn sie wieder gingen, weil es ihnen da nicht gefallen hatte, so fragte auch keiner danach. Denn die Tänzerinnen sind ein Gemeingut (solange sich nicht einer seine besondere ausgewählt hat und nicht mehr loslässt und mit Wein und Braten bewirtet; damit aber wartet ein jeder unbewusst bis in die Nacht hinein). Das Leben hat immer einen eignen Reiz so auf der Höhe des Vergnügens, wo auch Verantwortung und Pflicht und Schuldigkeit und Schuld nicht hinaufzugelangen scheinen. Wo nur getanzt und gestampft wird, bald mit der einen und bald mit der anderen.

Wenn nun aber einer darauf verzichtet hat, dann ist das nicht so einfach zu glauben. Da tanzt er dann irgendwo anders weiter, denkt man sich. Und wenn er auch Vorliebe für eine alte, verschollene Bibel gewonnen hätte und für ihre dargestellten Geheimnisse in Buchstaben und Bildern innen und außen: Nun, so ist es eben diese Bibel, die er erkoren hat; und tanzte er auch mit ihr in den Himmel hinein. Denn so schwer das Leben ist, schwer mit dem Menschen und seiner Last, die er zu tragen hat hierhin und dorthin, und mit der kotig schweren Erde, die ihm an den groben Schuhen haftet; wenn das Leben auch schwer ist, auf eine unsichtbare Weise, auf eine geheime, ist es dennoch in einem Taumel. Dies Leben hat wahrhaftig noch irgendwo eine Tanzbodenmusik, der wir nur noch nicht ganz auf die Spur gekommen sind.

Es ist ein Tempo, das uns selig mit sich fortnimmt, meistens in der Liebe. In der Liebe zu einer Person, oder zum Geld oder zu einer Arbeit. Es kann auch natürlich der Hass sein, die Niedertracht. Das ist ganz gleich. Es kann auch Dummheit sein und Gedankenlosigkeit, auch das ist ein Taumel. Aber immerhin ist es etwas, das uns gefasst hat, das wir gefasst haben, sichtbar und unsichtbar.

So ist es nicht zum Verwundern, dass sich einer von denen, die da in der dunkler werdenden Stube saßen, in seinem Wesen plötzlich abseits fand. Er rätselte zunächst.

»Das konnte nicht sein«, sagte er sich. Denn das Heiraten war eine Angelegenheit für das ganze Leben. Man liebte eben diejenige, die man so recht ausgestattet fand für das ganze Leben. Diejenige, die ganz alt und taub das Lämpchen noch ausblies, wenn alles im Dunkel schon schlafen gegangen war. Man liebte mit dem Ernste, mit dem man das und dies erwog im Leben: ob man ein Stück Acker dazu kaufen sollte, ob das Haus wirklich ein neues Dach brauchte, oder ob man's noch ein Jahr mit dem Flicken tat. Mit ganz demselben Ernste erwog man das, was innen im Hause nottat. Nur mit einer noch größeren Ängstlichkeit, denn Menschen sind immerhin etwas sich Veränderndes. Und ehe man es sich versieht, ist man selber ein ganz anderer. Man steht nicht mehr am selben Platze wie vorher.

Das spürte der Bauernbursche am meisten. Er spürte es, weil seine Liebe so ganz anderer Art war, als er berechnet hatte.

Diese Liebe war schon lange da gewesen. Er hatte sie nur nicht erkannt. Zuerst war es der alte Rosshüter gewesen, der sie ihm ins Haus getragen hatte. Ins Haus, da, wo er wohnte: Besser konnte man es doch kaum haben. Aber es zeigte sich gleich, dass es eine Liebe besonderer Art war.

Es war nämlich ein blödsinniges Kind gewesen, das

der Alte in dem Hause einfach abgeladen hatte. Der Tragkorb, der ihm, dem Knaben, nun wie ein Haus vorkam, lehnte an der Wand. Und das zweijährige Geschöpfchen saß auf einem Schemel, das Häuptchen über einen ihm vorgeschobenen Stuhl gelehnt, da, ohne alle Wehmut, ohne allen Schmerz, ohne alle Freude und Anhänglichkeit. Es saß so lieblich da in seiner seelenlosen Zier, dass man zunächst nichts anderes von ihm forderte.

Aber eben das war das Gefährliche. Damit fand es Raum in dem menschlichen Herzen, wo es sonst niemals einen gefunden hätte. Und der Knabe sorgte schon dafür, dass ihm darin seine Nahrung nicht ausging. Denn zunächst war es auch so ein wortloses Geschöpfchen, wie sie alle waren im Hause, und dann war es noch dazu wirklich schön. Und das war etwas Neues.

Zunächst schien das genug zu sein. Denn der Rosshüter setzte es, nachdem er es mit einem Mehlbrei geätzt hatte, wieder in den Tragkorb. Da kauerte es nun wieder, ohne Ungeduld, während der Alte sich von Neuem seine Pfeife stopfte, und war weder ein Menschlein noch ein Gegenstand.

Damals lebte auch der Gimpel noch, der hurtige und freudige (ein Tier, von dem man sagt, dass es vor Freude sterben kann), und der Knabe hätte gerne gewusst, ob das Dirnlein ihn nicht doch gehört hatte. Aber da stand schon der Alte krachend und schnaufend mit diesem schönen Nichts an der Türe, seinen Stock humorvoll über der Achsel. Und dann war man wieder allein, und das Leben war nicht so, dass man einer solchen Sache nachhängen konnte.

Seither waren Jahre vergangen. Dasselbe hatte sich noch einige Male wiederholt. Anfangs wuchs das Kind sehr langsam. Vier Jahre waren wie zwei. Dann aber, als er viel später wieder ihm begegnete, ihm, der es nun mit einer geheimnisvollen Neugierde betrachtete (aber eigentlich war er ihm entgegengelaufen, als es heimging mit dem Alten von der Rossweide), da schien es eine wunderbare Paradiesblume geworden zu sein: etwa ein lebensgroßer Enzian. (Es ist merkwürdig mit dem menschlichen Körper: Der Schlaf der Seele tut ihm manchmal so gut. Ich habe einmal einen Jüngling gesehen, einen vierundzwanzigjährigen, einen von der Fallsucht behafteten, der war von einer heiligen Reinheit, für einen Leichnam Christi nicht zu gering. So, wie er schlief, schien er aber ein schlafender Liebesgott zu sein. Und seine vierundzwanzig Jahre schienen kaum achtzehn Jahre zu sein, so ungebraucht, so schuldlos waren sie geblieben.) An diesen wundersamen Knaben erinnerte jetzt diese, zur Jungfrau gewordene. Sie hätte in der Fantasie seine Psyche werden können. Sie war kaum siebzehn Jahre und vielleicht noch jünger. Ihr Körper, weil er so gerne im Schatten schlief, war schneeweiß geblieben. Und ihr Haupt, mit dem Haarwust auf dem Schädel zusammengeknotet, unbeweglich und beinah hochmütig.

Freilich, bald musste man sehen, dass sie einen nicht erblickte, denn eigentlich erblickte sie auch die

Tiere nicht, die mit wehenden Mähnen an ihr vorüberkamen. Und diese hätte sie doch, wenn sie irgendeine Seele gehabt hätte, sehen müssen. Aber die Tiere kannten und liebten sie. Es war bald eines und bald ein anderes, das dieses sinnlose Nichtstun mitgenoss. Wenn das Kind aus einer Brunnenröhre trank, so kam das Tier gerne auch heran, um seinen Durst mit ihm zugleich zu löschen. Und oft lag das Mädchen zwischen zwei Pferden, die sich vor Lebensfreude in den Blumen wälzten. Andere Male legte eines, von rückwärts kommend, seine Stirne an ihren Rücken, als schöbe es sie den Berg hinauf, und wieder ein anderes Mal sogar legte eines nachdenklich das Maul auf das Haupt des Mädchens, als es einmal mit aufgelöstem Haar verloren vor sich hinsah.

Es war darum nicht zu verwundern, dass man es nicht nur herrlich fand, dass man es sogar liebte. Denn wenn auch etwas davor warnte, als sei es eine Todsünde, ein unbeseeltes Wesen zu lieben, wenn der Instinkt auch dieses Gewissen in seinen Einflüsterungen bestärkte: Immer war dennoch eben dasselbe Mädchen da wie zuvor. Sie war eines reichen Bauern Kind, darum gewann sie nur in den Augen der Schauenden an Ehrfurcht, und selber kam ihr daraus das zuteil, dass nichts sie knechtete und zu einem Bewusstsein zwang, das sie nicht hatte: und das geknechtete junge Tiere so arg verwandelt und zu noch etwas ganz anderem macht als zu Tieren – zu etwas wirklich Niedrigem. Im Gegenteil. Sie war in einem geheimeren Sinne sogar mehr als nur ein Mensch. Sie hatte durch ihre ungestörte, schöne Lebensweise Bewegungen, die wir vielleicht natürlich noch nie so vollkommen gesehen haben jemals vorher. In der Stadt würde man ihre Krankheit vielleicht zu den Geisteskrankheiten gezählt haben. Hier aber auf dem Lande war sie die Blödsinnige, einfach die Blödsinnige. Und was sie tat, wurde in seiner augenblicklichen Unendlichkeit immer wieder eine Landschaft, immer wieder eine neu erschaffene. Der Bauernbursche jedenfalls sann ihr nach. Und er brauchte nichts als das zu tun, tagelang. Es genügte ihm ganz.

Er wäre in diesem Herbste zu keiner Kirchweih gegangen mit dem schönsten lebendigen Mädchen, das es gab in der Umgegend, aus Trauer einfach um dieses eine tote Mädchen. Denn wenn es auch lebte, atmete, sagte er sich dennoch sein Todsein, sein Verwünscht-sein. Und dennoch war es wiederum kein Verwünscht-sein im eigentlichen Sinne. Es war eben der Zustand einer pflanzenhaft gebliebenen Seele. Obwohl es an dem Brunnen trank, aß es doch nicht allein. Wie die Blumen vom Himmel, so musste es dauernd von einer menschlichen Hand gespeist werden. Anders hätte es sich in der Weise des Tellers wie des Brunnens bedient. So aber saß es zu den Füßen des alten Pferdeknechts. Und der Alte, mit einer Art Ehrfurcht, versenkte dann den Löffel in die Kupferpfanne, die noch auf dem Herde stand – denn auf der Rossweide ging es besonders ländlich zu –, und gab ihn dann in den kindlichen Mund. Manchmal streichelte er die Haare des Mädchens oder hielt ihre beiden willenlosen Hände zusammen in der seinen, der behaarten, durchnarbten Altmännerhand.

Dann war er es sich besonders bewusst, wie sehr er sie hüten musste. Mehr als die Pferde, die sich nicht selten zu Tode kämpften im Mondschein auf der Weide. Er durfte sozusagen nicht schlafen. Er begnügte sich darum auch mit zwei jüngeren Kindern des Bauern anstatt der Knechte, die er hätte haben können, und tat mit diesen zwei geringen Arbeitskräften die große Sache allein.

Er hatte schon manche Brunnenröhre von selbstgefällten Bäumen an die Tränke geschleppt, und manchmal sah man den ganzen Mann nicht, wenn er unter einem Fuder Heu hinaufstieg, keuchend, selber wie ein Grasberg. Obzwar von Natur klein, gab ihm doch seine selbst gewählte Verantwortung eine eigene Größe. Das Männchen hätte sich ohne Weiteres erhängt, wenn dem Mädchen etwas Unrechtes zugestoßen wäre. Dabei sage ich nicht, dass es nicht hätte sterben dürfen. Sterben mussten alle Menschen, sagte sich der Rosshirte, und diese Kreatur sei nur wohlverwahrt in Gottes Händen. Aber eine geheime Angst kam ihn manchmal an, wenn er dachte, dass er vielleicht sterben müsste, ehe das Kind tot war. Und darum stieg er immer höher und höher hinauf in sein Greisenalter, und vielleicht war er schon so alt, wie jene alte Frau im Gasthaus, unten, in dem einsamen Tale, die auch vielleicht nur nicht starb, weil sie niemanden wusste, der ihre Arbeit tat.

Er nähte das Kleid diesem Kinde. Er band dem Mädchen die Schuhe um bei kaltem Wetter. Ja, wenn es regnete, tagelang, stülpte er ihr seine eigne Kapuze auf und sah dann mit einem eigenen Humor um sich.

An ihre Anhänglichkeit aber glaubte er nicht. Denn sie kannte nicht die Gefahr des Feuers und des Wassers. Sie kannte keinen Abgrund, hatte er schon mit Grausen bemerkt; sie kannte ihre Eltern nicht und niemanden. Dass sie bei ihm blieb, schien daran zu liegen, dass er sie hütete, dass die Hunde sie hüteten, ja, dass die Pferde sie mit heimwärts schoben. Und alles das, was bald bekannt war, vergrößerte nur die Vorstellung von ihr. Die Mädchen hielten sie sich gegenseitig vor, neckend oder erschreckend. Die Burschen aber schwiegen meist, weil man über eine solche Sache nicht reden kann.

Auch der Bursche in dem kleinen einsamen Gasthaus sprach darum nicht. Ja, es würgte ihn. Es würgte ihn das Darandenken schon allein, als hätte er die Tat begangen. Denn eine böse Tat wurde es immerhin. Auch, wenn die Liebe dabei war. Denn wer auf der Welt glaubte einem da die Liebe. Und die Welt hält wie Mörtel das Gebäude des Menschentums zusammen. Und da dies alles sein soll, anscheinend, so musste man sich ausgestoßen fühlen aus ihr, sobald man nur nicht so dachte wie sie. Man war auch gleichsam solch ein unsinniges Tier, nur nicht ein solch schönes, edelgeformtes wie das Mädchen.

Und er vor allem, dieser Bursche, schlau berechnet auf das Herkömmliche, wäre lieber ledig geblieben, als dass er ein missachtetes oder sonst wie armseliges Geschöpf geheiratet hätte. In ihm war darin, ohne dass er es wusste, ein kleiner, fester, namenloser Ehrgeiz. Nur war er unkenntlich in Sitte und Brauch gekleidet. Er stieg daher in unzerreißbaren Lederhosen und einer harten, grauen Joppe mit offenem Hemd. Etwas rücksichtslos war darum der ganze Bursche, etwas verwöhnt, er wusste nicht von was. Etwas furchtsam war er auch zugleich, und sich ewig in Acht nehmend. Er war der Spott seiner Hausgenossen. Und dennoch fürchteten sie ihn auch. Die Fastnacht hatte ihm, scheint's, nicht gefallen, oder er ihr nicht. Sonst wäre er doch wieder hingegangen … (So ließen sie manchmal unter sich ein Wort fallen.) Aber zu ihm sagten sie nichts. Und sie brauchten auch nichts zu ihm zu sagen, denn man sah es ja ihnen allen an, was sie dachten in diesen bestimmten Dingen, und das war ihnen genug.

Übrigens konnte man bei einem solchen Burschen, der so allein schien, noch gar nicht wissen …

Vorderhand war er selber leider nur herangezogen von der Liebe wie ein Kreisel. Sie hieb auf ihn ein, er tanzte. Er sollte auch nicht zum Stillstand kommen, das ist der Sinn dieses Spiels.

Nachts wachte er auf vom Wiehern eines Pferdes, obgleich er gar keines besaß. Und wenn eben morgens alle ans Dreschen gingen, zog es ihn zur Rossweide. Was das aber heißt: Beim Dreschen brauchte man soundso viele Hände, und alles musste klappend ineinandergehen, als seien sie schon die Fugen eines einzigen Mühlrades. Und keiner hatte sich je davon ausgeschlossen. Es war also ein Wahnsinn, wenn man es tat ohne einen Grund, etwa einer Krankheit. Und Liebe war kein Grund dazu, dass man nicht arbeitete. Sie war für den Feierabend. Und dazu noch eine rechte Liebe. Diese Liebe aber, sagte man, sei keine, und darum konnte man auch nicht hingehen …

Er war furchtbar gequält, dieser Bursche, und viel zu unverdorben, um sich in einem solchen ungewollten Geheimnis jemandem anzuvertrauen. (Und übrigens hatte er ja auch vor, seine Gedanken zu bezwingen.) Wenn er hineinkam in sein Haus, war es ihm, als ginge er in sein Grab. Wenn er in die Tenne ging, dann war es auch nicht anders. Wenn er zur Mahd ging, freute es ihn auch nicht. Seltsam, vor allem quälte ihn zu Hause seine Großmutter. Sie erinnerte ihn vielleicht an das Mädchen auf der Rossweide. Auch von ihr hatte er kaum je ein Wort gehört. Auch sie lebte sich fort, ohne es zu wissen. Auch sie war nicht wie andere Frauen. Darum hielt er sich, seit er dieser Liebe täglich bewusster wurde, nur gezwungen im Hause auf. Und mit dem letzten Ave-Maria schob er schon den hölzernen Bauernstuhl wie einen Kegel zur Seite und ging hinaus, wo es ihm auch nicht besser erging.

Da stieg der Trotz in ihm auf. »Ich gehe doch zu der Rossweide.« Aber als er das gesagt hatte, graute ihm nur, und er sagte es nicht wieder. Aber er sagte das Gegenteil davon, das heißt, mit einer scheinbar kleinen Abänderung. »Warum sollte ich auch auf die Rossweide gehen?« (Als wenn er seine Liebe nicht gekannt hätte.) Und wenn er sie auch nicht gekannt hätte, sie kannte ihn. Sie erkannte ihn immer. Sie betrachtete ihn geradezu. Ob er die Heugabel hob, wie er sie hob, ob er große Schritte machte, oder ob er stand, wo er stand und träumte. Wenn er aber schlief, hatte sie die Macht der Träume an sich genommen und träumte für ihn. Da kletterte er dann eine Tanne hinauf und über sie hinaus. Er merkte es gar nicht, dass sie ein Ende nahm. Und so fiel er über sie hinab, und dann lag er mit traumzerschmetterten Gliedern da am Waldrand unter dem Baume und zugleich in seinem Bette, und es war Nacht oder auch Morgen. Aber auch das war gleich. Im Grunde fühlte er alles als den Schmerz seiner Leidenschaft, seiner unfasslichen, wenn er erwachte. Und seine kleine Kammer, die eigentlich früher nie von ihm betrachtet worden war (sie war eben der bescheidene Raum, den man zum Schlafen braucht; sie war auch wie ein Sarg, der möglichst engste, niedrigste Raum gegen den tiefen, nie endigen wollenden Winter), diese Kammer wurde jetzt beinahe feindlich von ihm beschaut. Er merkte, wie in sie die Gestalt kam, von der er noch immer behaupten wollte, dass sie nicht war. Er legte sie dann in seiner Einbildungskraft neben sich, sich leiblich grausend wie vor einer toten Geliebten.

Aber dann, als sei damit all sein Denken erschöpft, schaute er plötzlich abwesend einer Fliege zu, wie sie so übermäßig laut durch seine Kammer schwirrte, als sei seinem Herzen nicht eben noch das Schrecklichste geschehen. Und nicht selten nahm er dann schließlich noch Weihwasser. Dann aber wieder in einer kommenden Nacht träumte er von einer Vogelscheuche, einer ausgestreckten. Dann aber wieder war es das Mädchen. Dann aber gab es wieder vor, ein andächtiges Feldkreuz zu sein, am Wege.

Er beschloss, fortzuwandern von diesem Orte. Nur wusste er nicht wohin, nur wusste er nicht warum. Nie hatte er fortgewollt. Wie würde er es gegen die Seinigen begründen, dass er ging. Es war auch noch dazu so viel Arbeit da. Sie mussten sich darum einen Knecht statt seiner nehmen. Er schädigte also seinen Besitz und sie zugleich. Nein, fortwandern … Sie fanden es schließlich dadurch heraus, dass er verliebt war. Sie fanden auch noch heraus, in wen … Also, lieber bleiben. Denn auch die, bei denen man in Dienst kam, fragten vielleicht. Und eine Liebe in ihrem Anbeginn ist auch taubstumm und blöde, wie sie in Wirklichkeit war. Eine solche Liebe möchte nicht hören noch sehen. Wenn man gefragt wird über seine Liebe das erste Mal, dann ist es, als würde man in einen Fluss geworfen.

So beschloss er etwas anderes. Er beschloss es, wie über sich hinaus. Er beschloss, zu heiraten. Warum auch nicht? Er war doch nicht versprochen mit ihr. Er war doch nicht versprochen mit dieser Liebe … Es war doch alles nur Einbildung.

Und als hätten die Mädchen nur auf das gewartet,

fiel ihm diese und jene ein. Eine Mutter hätte ihn nicht eifriger beraten können …

Da fiel ihm eine fromme Weberstochter ein, in einem Dorfe über dem Berge hinter der Rosshalde. Bei der blieb er hängen. Er gestand sich nicht warum. Er hatte sie nur einmal auf ihrem Spulstühlchen hocken gesehen, so blass und bescheiden, rechts und links eine schnurrende, wohlgenährte Katze. Das hatte ihm gefallen. So mochte er die Weiber, wenn sie sich um nichts als um ihre Arbeit kümmerten. Er mochte sie nicht, wenn sie so lachten und immer etwas anderes meinten. Er war, das merkte er, seit ihn die Liebe so mitgenommen, ein ganzer Sonderling geworden. Es war hohe Zeit, dass er sich dieser Weberstochter erinnerte. Und wie alle, die leiden und denen ein leidlicher Gedanke kommt, wurde auch er ganz munter darüber. Er jammerte nicht mehr. Er hätte beinah schon zu den anderen vom Heiraten gesprochen. Aber auch ohne dass er es aussprach, merkten es die, die mit ihm lebten. Sie merkten es an allem und jedem. Und schließlich nahm er unverhohlen seine grüne Joppe hervor und seine langen Hosen und die Schaftstiefel, in die er sie hineinschoppen konnte, denn im Grunde mochte er diese langen, wabbeligen Hosen nicht; sie kamen ihm halb vor wie Weiberröcke. Er holte sogar eine Uhrkette hervor.

Am Brunnen wusch er sich wie zum Jüngsten Tag. Dann ging er, ohne Stock und so, wie man zur Kirche geht. Und er ging den ordentlichen Weg, wie es sich gehörte für eine so wichtige Angelegenheit. Er ging die Fahrstraße, die mitten durch den Wald führte. Ab und zu begegneten ihm Fremde aus den umliegenden Ortschaften. Oder eine Bauersfrau band ihren Rock fester auf und grüßte ihn. Oder ein Vogel hüpfte mit Geschrei vor ihm her. Oder er blieb gar selber stehen, weil ihm das Wandern so neu war. Ihm war ganz wohl zumute. Immer ist es so, wenn man sich zum Richtigscheinenden entschlossen hat. Auch war der Weg so wie von Gold besät. Und immer hatten die Bäume noch mehr davon. Und mitten darin, vielleicht in der Mehrzahl, nur nicht so hell scheinend, standen die Tannen und die rötlichen Stämme der Föhren. Es war eine Luft, dass er sie sogar auf seiner Hand sitzen fühlte wie einen Marienkäfer. Und ein Eichhorn und wieder ein anderes schaute mit seinen Wacholderbeeraugen den Menschen an, wie er so mitten auf der großen Fahrstraße ging. Es war gut, dass der Weg nicht so weit war für einen rüstigen Fußgänger, sonst wäre er doch noch abgeschweift. Denn die Rosshalde war groß, und man fand sich immer dahin zurück, auch ohne Weg. Übrigens hatte er sich das Dorthingehen doch noch nicht völlig aus dem Sinn geschlagen, er sagte es sich nur nicht so laut, sondern er hielt die Gedanken brav zu den Webersleuten, die etwas verwandt zu ihm waren. Und außerdem dachte er, dass er noch Sensen kaufen wollte in jenem Orte, denn dort, so hieß es, waren sie wohlfeiler.

Da blieb eine Hirschkuh vor ihm stehen, weit weg, aber genau auf der Mitte des Fahrwegs zu ihm hin. Er musste gleichfalls stillbleiben. Einige Minuten waren das. Der schlanke, heilig nackte Körper rührte auch ihn, den Rauen und jetzt noch Raueren. Vielleicht hatte er (denn unbewusst gingen seine Gedanken dabei eine andere Richtung) Tränen im Auge. Da fiel ein Blätterschauer aus den Bäumen. Ein Vogel kam wieder vor ihm her geflüchtet. Und der Bursche war, er wusste kaum wie, am Ausgang des Waldes. Der Herbstmonat war da für ihn noch viel fühlbarer, den Ackersmann; der Stand der Felder war ihm heimeliger als der schönste Wald. Er sah den Kirchturm. Er sah jedes einzelne Haus, auch das der Webersleute. Er konnte sich nun danach einrichten. Wieder begegneten ihm Landleute im Sonntagsstaat. Wieder hörte er Glockengeläute. Es musste dem Geläut nach bald der Gottesdienst zu Ende sein.

Er kam eben noch unter den Segen. Wie eine salzige Träne lief das Weihwasser über seine Stirn herab. Dann strömte das Orgelspiel wie Blumen, Rosen und Georginen, reichquellende Gartenblumen. Dann drang ein Weihrauchgefäß, noch einmal silbern erklirrend, an sein Ohr. Dann leerte sich die Kirche. Erst kamen die Männer. Sie haben es immer eilig, aus der Kirche zu gehen. Dann kamen die kleinen Mädchen und zum Schluss die Frauen. Der Bauernbursch schaute. Auch die Weberin war unter den Kirchgängern. Sie erkannte ihn gleich. Sie lud ihn ein, bei ihnen vorbeizukommen. Somit ging er erst zum Krämer und erstand da einen Viertels Zuckerhut und ein Pfündchen Kaffee. Dann ging er ins Wirtshaus zum Mittagessen, und dann ging er zu den Weberleuten. Ihm war ganz übel von den vielen Leuten. Ihm war, als habe er sein Leben lang noch nicht gesehen. Er war froh, dass in der Weberstube an diesem Tage der gewaltige Webstuhl ruhte, dass die Spulen an der Seite lagen und nur die Katzen, als sei das Mädchen zwischen ihnen, rechts und links auf dem Spulschemel schnurrten. Es waren prächtige Tiere, ans Nichtstun und an ihre Schönheit gewöhnte. Sie wurden gepflegt mit allem Guten wie bei andern Leuten die Geranienstöcke. Sonst war die Stube leer. Das heißt, am Ofen schlief der Weber. Er war hemdärmelig. Sein rasiertes Gesicht war recht sonntäglich anzusehen. Der Bursche setzte sich einstweilig. Ihm fiel die reine, helle Stube auf. Bei ihnen zu Hause war es natürlich nicht so. Wie hätte die alte Großmutter auch vermocht, mehr als das Tägliche zu verrichten. – Es war an der Zeit, dass eine Frau in ihr Haus kam. Ihm wurde ganz warm und eifrig zumute. Da kam die Junge, schüchtern, weil sie es schon wusste, wer in der Stube war, und stellte einen Korb Strickstrümpfe auf den Tisch. Nun gings, nach einigem Reden hin und her, ans Stopfen. Und dann kam endlich auch die Mutter und weckte den Mann. Und dann wurde es lustig. Der Weber erzählte. Er erzählte, wie viel Leinen und Halbleinen er schon gewoben habe. Er meinte, das könnte man ausrechnen, wie weit sie reichten in die Welt hinein. Es gäbe doch Kilometer, und seines wären Meter. Denn er war siebzig Jahre alt, und seit seinem dreizehnten Lebensjahre saß er an diesem seinem Webstuhl. Das konnte man ausrechnen, da sollte einer wahrlich lange trocknen Fußes gehen, ja, eine weite Reise machen unter seinem Dache. Einen Regenschirm brauchte er da nicht mehr. Alle lachten. Man vergaß beinahe das Wirtshaus. Aber nachdem man ein Gläschen Schnaps getrunken und eine Schale warmen Kaffee, ging man doch noch. Nur die Männer, freilich. Die Weberstochter schloss ihnen noch die Türe, ein wenig lächelnd, ein wenig errötend. Sie hatte wohl den Besuch verstanden und das Pfündchen Kaffee und den Zuckerhutzucker. Darin war keine zu dumm. Außerdem wollte sie es auch verstehen, denn der Bursche stand ihr an. Er war still wie sie und noch ein anständiger Bursche. Sie dachte das Ihre, als sie ihre Strickwolle wieder aufnahm, sie mit einem Berg weißer Flickwäsche vertauschend, hinter der sie dann schweigsam und arbeitsam geradezu verschwand. So ein Sonntag war aus dem Herzen Gottes.

Wo die Männer geblieben waren, wusste sie nicht. Es war Nacht, als der Weber heimkehrte, und wieder Nacht, wenn auch dieselbe, doch gleichsam eine zweite, als sie schlafen gingen.

Keine Farbe war mehr draußen. Nur ein zu rascheln beginnender Herbstwind galt jetzt. Er nahm sich selbst seine Zier vom Kronenhaupte. Es regnete Blätter. Aber immer war der Mond noch auf der weithin sichtbaren Landstraße. Er warf sein Webertuch auf den Boden, dem Burschen voraus, verschwenderisch vor die Füße. Der Bursche konnte nicht fehlgehen. Etwas angetrunken wie der Bursche war, war diese Mondnacht gerade recht für ihn. Sie kam in seine Augen, sie führte ihn hypnotisch vor sich her. Und lange Zeit ging es auch so ganz gut. Weil aber niemand ging noch irgendjemand ihm begegnete, so wurde es ihm unheimlich vor sich selbst. Dieses Grauen in der Nacht vor sich selbst bekam er. Er blieb stehen. (Nicht, um nicht mehr weiterzugehen, nur um etwas zu denken.) Hatte er nicht etwas gewollt? Hatte er sich nicht etwas für den Heimweg vorgenommen? Er verstand gleich. Beinahe so schnell wie ein Hirsch sprang er über den Graben. Jetzt sah man ihn nicht mehr. Jetzt hörte man ihn auch nicht mehr. Im ihn bettenden Laube der engen Pfade gingen seine Schritte unter. Nur seine hohen steifledernen Schaftstiefel verursachten ein klagendes, naturähnliches Geräusch, ein Klappern, das an die Brunstzeit des Wildes erinnerte. Besser wohl, er hätte diese Stiefel nicht angehabt. Aber er dachte gar nicht daran. Er dachte nur, dass er jetzt der schönen Blödsinnigen begegnen wollte. Vielleicht stellte er sich vor, dass er sie rauben konnte. Sie war ja doch nur ein Tier. Dann aber ließ er wieder alles Denken, weil alles nicht wahr schien als nur das eine, dass er sie haben wollte. Er ging mit großen, rücksichtslosen Schritten darauf zu. Und während er noch eine Stunde und mehr entfernt war, fühlte er sich schon in ihrem Umkreis. Jedes Blatt wurde ihm lieb, das auf ihn herabfiel. Ein Hirsch röhrte. Er verstand ihn wohl. Er dachte an die Hirschkuh, die er auf dem Hinweg getroffen. Alles war ihm jetzt klar. Nur war ihm jetzt das

Nebensächliche Hauptsache und die Hauptsache Nebensache. Er sah den Pfarrer. Er fühlte den Weihwassertropfen. Die Blumen des Orgelliedes streuten sich zu ihm herab. Als hätte er für die armen Seelen gebetet, so befriedigt verließ er in der Fantasie den geweihten Ort. Dazwischen hörte er seine Schuhe laut klappern und ein Wild röhren. Es musste ein Hirsch sein, er hörte ihn jetzt wie aus seiner Nachbarschaft. Liebe benahm ihm den Sinn. Es hatte ihn die Körperlose im Arme –. Und als stünde ihm etwas im Wege, schritt er nur mühsam weiter. Er atmete laut. So war er gelaufen. Seine Stiefel waren jetzt auch still, natürlich, weil er still stand, er horchte. Aber immer ohne zu sehen. Er glaubte schon ganz nah der Rossweide zu sein. Nun hörte er einen Hund heulen. Das war wohl der Mond, den er so anheulte. Die Tiere hatten eben auch zu leiden. Er sah hinauf in die Luft. Himmel blieb kaum mehr zwischen dem engen Waldweg. Aber ein Stern drang durch. Kein Lüftlein ging jetzt. Und dennoch roch er etwas. Etwas Fremdes war es, etwas auf ihn Gerichtetes. »Ei«, dachte er plötzlich, »hätte ich die Sensen doch mitgenommen.« Dann ging er aber wieder, ein Gemisch von Wein und Bier und Schnaps und von allerhand Gedanken, von belanglosen und von schlechten. Die Schuhe klapperten wieder. Die Hirsche röhrten. Es kam von vielen Seiten.

Da endlich war Mondlicht. Vor ihm lag eine Wiese, auf der die Schleier des Nebels wanderten. Und mitten durch die Wiese, in unfassbarem, beinah verzaubertem Zickzack, murmelte sich ein Bächlein durch. Da es so frei ging und so rätselhafte Wege nahm, sah man sein Silber wie ein Kleid, kostbar sich wähnend, redend und seufzend, lachend und weinend.

Hier begann die Rossweide. Verwundert darüber, dass er so lange zu dem Wege gebraucht hatte, stand er still. Kam sie nicht etwa? Bei einer solchen armen Seele war alles möglich. Er blieb wieder stehen. Denn es war ihm, als hätte etwas nur auf seinen Austritt aus dem Walde gewartet. Er sah: Es trat mit ihm aus dem Dunkel des Waldes ein Hirsch heraus. Einer war es vorderhand. Später mögen es vier gewesen sein. Dieser aber verfolgte ihn. Er wusste nicht, woran es lag. Es wäre auch viel zu spät gewesen. Er ging darum zu und dacht sich so, wie man sich in der Gefahr selber widerspricht, »sie können ja nicht mich verfolgen«. Plötzlich dachte er an nichts mehr, auch nicht an das Mädchen. Aber irgendwie hilfeheischend wandte er sich dorthin. Aber gerade von dort her kam ein Hirsch. Also ging er auf den Bach zu. Er ging über den Bach. So hatte er schon die Mitte der Lichtung gewonnen. Aber das war das Letzte.

Der Hirsch, als habe er ein böses Turnier mit einem Menschen vor, sprang über ihn hin. »Nun ist es vorbei mit mir«, dachte der Bursche. Es hatte ihn niedergeworfen. Aber wie nun der Mensch einmal ist, war er gleich nachher wieder froh und stand auf. Er hätte liegen bleiben sollen. Vielleicht hätte dann das erzürnte Tier von ihm abgelassen. Es musste doch wissen, dass er kein Wild war, sondern ein Mensch. Es kannte ihn doch, er war doch der. Er war der Jäger. Er konnte ja auch ein Gewehr haben oder eine Sense. Warum fürchtete es nur diese nicht? (Er hatte übrigens nicht einmal einen Stock bei sich.) Und das Tier würde vielleicht in dieser Nacht nichts mehr von allem gefürchtet haben. Es wollte einen Kampf.

Es begann wieder über ihn hinzufliegen. Aber immer näher, immer tiefer. Der Bursche zog seinen Hut über den Kopf, im Grase liegend, damit er nicht mehr sehen musste. Denn dieses von der Ferne Anspringen war furchtbar. Die Hirsche (denn es war, wie schon gesagt, nicht mehr nur einer) rasten über ihn, als ob er nicht da wäre. Oder noch schlimmer, als ob er ein Nichts wäre. Er spürte schon ihre leichten, aber harten Hufe an seiner Joppe. Er zählte sie beinah. Sie schienen ihre Brunstwut an ihm auszulassen. Oft war es schon, als wären sie nicht mehr, aber da tummelten sie nur über die Nebelstreifen des Baches hinweg, so, wie sie zuerst über ihn hingesprungen waren. Sie verschwanden nur und wurden wieder sichtbar. Aber dann bildete er gleichsam nur das zweite Hindernis in ihrem Rennen, und das dritte war der Schoß des grünen Waldes. Aber auch von daher kamen sie wieder zurück. Immer wieder war der Mensch es, der da wie tot auf dem Grase lag, der die Heftigkeit ihrer Sprünge von Neuem wachrief.

Wie oft sie den Schädel getroffen, wie oft sie Arme und Füße gestreift, ist nur zu ahnen. Einmal gemerkt in ihrem Hirschherzen vergaßen sie ihn auch nicht mehr. Darin bewährt das Tier noch seine urhafte Wesenheit. Es beharrt. Mit seinen röhrenden Lauten drang es auf ihn ein. Es machte einen furchtbaren Kampf mit einem wehrlosen Menschen. Seine Geweihe trugen ihn. Über den Bach, über den Nebel hinaus. Es schien die Last gar nicht zu spüren. Und wortlos, wie diesen der Schrecken gemacht hatte, schien er auch ihn fühllos zugleich zu machen. Und der freudige Zorn des Tieres trug ein scheinbar Unbewegliches mit seiner wachsenden Kraft hinfort. Einer jagte dem andern ihn ab. Einer sprang vor dem andern her, mit der Beute auf dem breiten Geweih.

Der Mond, die Sterne rührten sich nicht. Gott rührte sich nicht. Der Wald, die Wiese lagen da, als seien sie nicht. Nur die Tiere, mit diesem, der sie vergeblich getäuscht hatte in seinen Rohrstiefeln, als sei er eine Hirschkuh, eine reine, unschuldige, nur die Hirsche wogte noch immer in ihrem Gange mit der Beute auf ihrem Geweih. Die röhrenden Laute waren verstummt. Die Tiere schienen nur noch Freude zu sein, leerer Triumph.

Aber so geht manche Nacht über einen Sterbenden und Toten.

Der Himmel öffnete sich wieder mit einem leisen, roten Striche. Hunde brachten die erste Spur des Toten. Sie zogen, sie wedelten den alten Hirten und die Knaben herbei. Die Pferde berochen das Schlachtfeld. Ein Schmetterling setzte sich auf die Brust des Leichnams.

Als sie schon eine Bahre knüpften, um ihn aufzuladen, kam auch das Mädchen herbei. Ohne Schaudern, ohne Angst, ohne das leiseste Gefühl des Helfenmüssens. Sie, die nie den kleinsten Krug gefüllt und getragen, sie ging neben dem Alten als ahnungsloses Geleite. Tannenzweige und Laub verbargen den Verunglückten. Die ihm begegneten, nahmen den Hut vor ihm ab, vor der Majestät des Todes. Den Weg musste dem Rosshüter niemand weisen. Er wusste, wo seine Bürde hingehörte. Dort unten, halbwegs von zu Hause, wo er den Tragkorb seines Pflegekindes immer abgeladen, wo der Jäger auf dem Wirtshausschilde gemalt war und der Hirsch seinem Schrote enteilte.

Die Maus

Der Tod war hergerichtet in Gestalt einer Falle. Aber bis zu dieser letzten Zeit hatte die Maus noch eine Wand zu durchnagen, die in mein Schlafgemach führte. Sie hatte einen langen schmalen Weg zu durchnagen und meinen Schlaf zu durchnagen.

Manchmal schlug ich mit der Faust an mein Bett und erschrak selber davor, so donnerte es über alles, was in der Nacht denkbar ist. Und ich glaubte zu fühlen, dass auch die Maus die Furcht empfand. Aber ehe noch die Welle dieses Schreckens zu dem Frieden hinüberführte, war auch von ferne schon wieder dieses leise Nagen zu hören. So leise war es, dass es nur für den hörbar sein konnte, der vor einer mondbeschienenen Wiese am Rande eines Waldes allein in seinem Hause sich überlassen ist. Er behütet sich wie sein eigener Jagdhund, und käme auch während des Schlafes eine Gefahr über ihn, er hätte sie lange gehört. Er ist wie der Nebel, wenn es finster ist, der Nebel, der gleichsam in seinem eigenen Lichte lebt. Er ist wie der Regen weit und breit, hoch und fern, im Himmel und auf Erden. Wie sollte ihm das Nagen einer Maus entgehen, diese wieder sich selbst zugewandte Betätigung. Er fühlt sie mit seinem Blute.

So zündete ich also von Neuem das Licht an, diesen Bannfluch aller fremden Vierfüßer. Die Kerze aber schien nicht wie in anderen Nächten zu sein, wo sie mit ihren Engelsfittichen schützend über dem dunklen Abgrunde des Fürchtens schwebt, ein Geist des Schattens werdend, um noch als Licht zu dienen … Sie wandte sich plötzlich abtrünnig meinem Feinde zu, begann gleichfalls eine Art nagendes Wesen zu werden in ihrem Leuchter. Sie fraß meinen Schlaf weg, und die Maus fürchtete sie nicht.

Sie war ja aber auch noch nicht, wo ich war, in dieser nächtigen Helle. Das sollte erst kommen. Einstweilen schlief ich ein und träumte im Scheine der Kerze. Ich träumte von einer Stadt, von ihren unterirdischen Gängen. Da erwachte ich wieder. Diese uneigene Nacht nahm mir die Ruhe wieder, wie sie sie mir gegeben hatte. Die Maus nagte, und lauter als zuvor. Das Licht brannte immerzu. Ich donnerte nochmals mit der sich selber peinigenden Faust. Darauf wurde es stille, aber nicht länger als der Schrecken währte, unser gemeinsamer Schrecken. Und als er noch nicht auslief in das Nichts, wo dieses leiseste Nagen von Neuem begann, wandte ich mich, schon Hilfe suchend, abermals in den Fußstapfen des Unendlichen einem sich selbst gehörenden Geräusche zu: der Uhr. Sie tickte, als wäre es ein Spiel zu den Sternen, diese Minuten. Ich fühlte mich eins mit ihr. Ich lauschte ihr wie meinem eigenen klopfenden Blute. Aber da begann, mit ihr wetteifernd und leiser und ferner als irgendein Uhrchen es vermag: die

Maus. Ich musste beinah lachen. Aber bei Nacht lacht man nicht. Es ist gefährlich, in der Nacht zu lachen. Dieses Lachen grenzt an den Wahnsinn. O Gott der Schlaflosen: Du hältst kein Kraut in seinem Wachstum auf (Du tötetest es denn). Du hältst nicht einen Regentropfen auf in der Fahrt von der Wolke – warum den Schlaf?

Die Maus, wenn es ihr nottut, soll nagen, soll immerzu nagen, Nacht für Nacht, und fiele auch das Haus ein einmal über ihren Wegen. Ich nur, armer Mensch, will Ruhe finden. Ruhe bedarf ich vor allem anderen im Leben. Sie ist die unvergängliche Nahrung der Seele. Wem sie versagt wurde, dem wird Nacht zum Tage. Es brausen ohne Ende dem Schlaflosen die Wasser und die Winde in den Wipfeln. Alle Wege, auch jene mondbeschienenen, durchhellten, führen in Abgründe der Himmel. Er ist wie ein Verdammter.

Und am Tage hat die Sonne Macht über ihn, wie ein Mond. Er schließt die Augen vor ihr und geht tastend wie ein Blinder so durch ihre verzauberte Welt. Und gedenkt nur des Bösen, was von ihr selber ihr schon zugefügt wurde.

Und dann, als wären vor Jahrzehnten schon diese schlaflosen Nächte vorbereitet worden, erinnert er sich der Geschichten, die ihm damals Menschen von diesen Tieren, den Mäusen, erzählt hatten. Da wellten die Acker von den lebendigen Wogen der Feldmäuse. Immer aus einem Erdloch, wo sie die Wurzeln der Früchte abbissen, sprangen sie in ein anderes

Erdloch. Der Acker und alle Acker dieses Landstrichs waren vernichtet. Sie gehörten nicht mehr den Bauern oder den Pflanzen, sie gehörten den Mäusen. Und die Geschichten, die im Anblick dieses Vernichtens erzählt wurden, waren so grauenerregend, dass sie nicht wiedererzählt werden können. Und die Frauen blieben alle zu Hause, sie durften nicht auf den Acker, und sie wollten nicht auf den Acker. Und ich dachte: Wenn ich einmal sterbe, wie furchtbar ... werden mich dann auch die Mäuse zernagen? Und ich sah aus einem Totenschädel die Mäuse hüpfen.

Dann, als sei so ein Menschenhaupt nicht mehr als ein hohler Kürbis mit einem Licht darin, das zu Ende brennen kann, kam plötzlich eine Stunde, wo ich der Mondnacht nicht noch den Mäusen mehr etwas nutz schien: wo ich endlich schlafen konnte. Ich schlief ohne Traum. Ich schlief vergänglich, wie etwa ein verwettertes strohgelbes Gras, einen inhaltlosen Schlaf. Ich erwachte beinah erstaunt. Nur ein zitterndes Geräusch war in meiner Erinnerung. Es bebte im Kleinen gleichsam von einer einzigen Stelle aus, nah an meinem Bette: Aber ich fühlte es in seinem eigensten Sinne gewaltig, ein Wesen wollte sich aus seinem Gefängnis befreien! Bald hing das Geschöpf mit allen seinen Beinen an den Drähten der verschlossenen Falle, als sei es in der Luft freier, bald saßen die Nagezähne machtlos an dem Eisen still. Es war unverdaulich, dies Gefängnis. Es schien licht wie noch kein anderes, und es war doch das Gefängnis aller Gefängnisse. Eine Maus schon konnte das fühlen, und der Mensch, der in diesem Leiden, er weiß nicht wie noch wann, auch ihr Leidensgefährte werden kann (wenn auch nicht um eines Stücklein Specks willen), der Mensch weiß durch und durch, was dieses Tier leidet. Darum war auch ich sogleich mitten in dem Ereignis. Ich begriff es mit den noch Sekunden zuvor schlafenden Augen. In mir zitterte es gleichfalls. Aber dennoch, meiner schlaflosen, qualvollen Nacht gedenkend, lächelte ich schadenfroh. Nun war das Tier daran. Es hatte so lange an meiner Nacht gezetert, bis sein Tag gekommen war, der es forderte in meiner Person. Ich beabsichtigte zwar nicht, es umzubringen, obwohl ich nur mit seinem Tode meiner Ruhe gewiss sein konnte. Aber ich wollte seines Schreckens mich bemächtigen, dass es fortan vielleicht dieses Haus meide. Im Walde waren ja Eicheln, Wurzeln und Beeren. Die mochte es in süßer Lust der Freiheit genießen. So manche Wurzel, wärmer als ein Haus, konnte es bergen im Winter. Ich lobte das Geschöpfchen in Gedanken, mir gefiel es, sobald es nicht mehr mein Hausgenosse sein wollte. Ich eilte ihm zuliebe sogar. Ich kleidete mich nur, um die Schale, die diese überstandene Nacht immer und ewig mir wollte anhaften lassen wie eine hohle Larve, abzuwaschen. Und ab und zu blickte ich besorgt nach dem Tierchen. Es war still geworden. Sein graues, sanftes Fell war wie zu Stacheln aufwärts gekehrt. Es schien etwas zu halten, wie alle schlafenden Tiere: sich selber. Das beruhigte mich. Ich wendete mich häuslicher Tätigkeit zu. »Angst«, dachte ich, »sollst du nicht mehr haben, als dir zugehört. Nur das Frühstück will ich mir noch bereiten, ehe ich in den Wald gehe.« (Man denke sich, mir mundete noch etwas, obgleich eine Kreatur vor Todesangst in meinem Hause eingeschlafen war. Es war nicht mein erster Schritt nach dem Erwachen, sie zu befreien. Ich wollte noch eine Mahlzeit halten.) Und nicht, dass es nur eine Maus war, die schädigend aufgespeicherte Vorräte, ja sogar unsere Kleidung, von einer Jahreszeit zur anderen zurückgelegt, in Stücke beißt, und nicht, dass es nur ein kleines Tier war, im Gegensatz zu dem großen Leben, das ich noch nicht einmal zu erfüllen begonnen hatte, entschuldigte mich da. Nichts ließ mein peinigendes Gewissen als übergroß, als übertrieben erscheinen. Es war nicht nur eine Maus, es war nicht nur die Maus, es war eine Kreatur, ein Geschöpf. Und auf der andern Seite: Es war nicht von irgendwoher gepredigte Liebe, ein Spielen und Verwechseln des Großen mit dem Kleinen: Es war mein Leben.

Ich erinnerte mich einer Katze, die eine befreite Maus aufgeschnuppert hatte. Es war auch an einem Morgen. Ich stand wie angewurzelt und schaute über sie hinab. So perlgrau wie diese Maus hier, mit Augen, die in der Angst nicht mehr schauten, sondern nur noch eingefügte Perlen schienen in einem unwirklichen Wesen, stand sie auf ihren Hinterbeinen und bat. Sie bat um ihr Leben. Sie pfiff. Sie gestikulierte mit den Pfötchen. Aber sie ging nicht von der Stelle. Ihre Augen waren wie kleine marternde Stecknadeln, offen und schwarz glänzend. Die Katze, wie abwesend über sie hinwegschauend, eine Pfote in der Luft, hörte auch und sah auch. Ihr konnte das Tierchen nur nicht entkommen, darum vergaß sie es. Sie vergaß, wie ich jetzt vergaß. Und ich sah danach jene Maus wieder, die während meiner Reise in die Falle gegangen war. Sie war zu Staub geworden. Das verhungerte Skelett gab einen furchtbaren Anblick, wie es mit den Hinterbeinen am weitesten zurückgriff und mit den Vorderfüßen in die Luft stach gleichsam. Und anderes noch fiel mir ein, denn wir sind gebunden an alle Qualen, die gelitten werden um uns. Sie sind in unser Leben eingegraben. Sie betreffen uns alle wie eine Schuld. Wie im Vorübergehen vertausendfachen sie unsre Erlebnisse mit der großen Natur. Wären wir unschuldig, freilich, so vollzöge sich ein schöner, heiliger Anblick. Wie ein Sternenregen bejahte er unser Leben.

Daraufhin ging ich langsam und gesenkten Hauptes an den Käfig zurück. Ich wusste es schon: Die Maus war verendet.

Der Alte

Der Wert unsres Daseins hängt durchaus nicht immer von der Schwere ab. Im Gegenteil, es sind gleichsam Steine, die es, da es ein so schweres Schicksal oft gar nicht gibt, als Gegengewicht noch hinzunehmen muss. Und wozu man diese oft dann verwendet … Mancher, um sie auf sein Liebstes auf Erden zu werfen. Und andere haben behauptet, sie hätten sie verschlucken müssen. Nun ja, ich kenne Leute, die sehen aus, als hätten sie Steine geschluckt.

Sogar die Asche war aus dem Ofen entfernt worden. Und frisches Reisig und ein Schübchen Papier stak darin. Und man sah es glimmen durch die Löchlein der frisch geputzten Messingtüre. Aber es wollte nicht ruhig brennen. Es war zu kalt. Zu lange war der Ofen ungeheizt geblieben; zu lange hatten die Fenster und Türen offen gestanden. Und nun brannte nicht einmal ein Streichholz mehr an. Die ganze Schachtel lag taubgerieben auf dem weiß gescheuerten Boden. Der Alte saß davor. Er hatte ganz die Kraft verloren durch sein Knien. Und zuletzt, als er ein letztgefundenes noch glücklich entzündete, erstickte es die Kälte gleichsam wieder zwischen ihren unsichtbaren Händen.

Der Greis sah um sich, er horchte. Ob wohl die junge Person schon heimgegangen war? Ein leichter Schritt von einem Tellergestell fort zu einer Türe sagte ihm, dass sie noch da war. Er klaubte sich also zusammen. Es ist wirklich so wie in einem Knochenhause, wenn so ein erstarrter alter Mensch wieder aufsteht. »Sie!«, rief er, als er so weit war. Er hatte den Namen vergessen, obwohl das Geschöpf jetzt schon ein halbes Jahr lang, alle Tage um eine bestimmte Zeit, kam.

Sie hörte auch. Mit einem geheimen, ich will nicht sagen schadenfrohen Lächeln (denn es ist der Jugend oft aus einer nur harmlosen Tücke eigen, bei den vergeblichen Bemühungen ihrer Herrschaft zu lachen) stand sie auf der Schwelle, die Klinke fest in ihrer Arbeitshand. Aber sie selber, so gedeckt, brachte den Greis nun erst recht in den Fluss aller Zugwinde. Und obwohl er stille stand, schien es nun doch, dass er getrieben werde. Er hatte etwas Gegenständliches, so, wie er nun dastand und hinwies auf das erlöschte Feuer. Das Gefühl mochte einem ankommen, wie bei einem Segelboot, das menschenleer irgendeinen Weg geht.

Die Fenster, nicht fest eingeklinkt, öffneten sich wieder durch diese Zugluft. Die Oberfenster, das wurde man erst jetzt gewahr, waren überhaupt offen gewesen.

Aber dann war es dem alten Manne auch wiederum nicht recht, dass alles so schnell ging, weil es ein anderes machte. Mit einer kleinen Schaufel glühender Scheite, die die junge Magd aus dem Küchenherd herübertrug, war nämlich dann alles getan; es brannte einfach. Und ein paar Buchenklötze, kreuz und quer darübergelegt, gaben dem Ganzen ein Ansehen. Das würde schon Wärme geben. Aber wir wissen nicht, was ein durchkälteter Raum ist, noch dazu einer, der als Totenraum gedient hat. Er hat es sich förmlich zur Aufgabe gemacht, so zu bleiben.

Und wenn man meint, nun werde es, denn Klotz um Klotz verspeist sich, so kommt ein kalter Schweiß an die Möbel. Der Spiegel wird blind, die Bilder verdüstern sich. Und auch die Fenster können kein Licht mehr hereinlassen, sie sind angehaucht. Derselbe kalte Geist, der das Zündholzfeuerchen zerdrückt hat, macht das. Oder aber nur die beginnen wollende Wärme? Um so schlimmer.

Auf das Kanapee sich indessen verzagt und selber aufgegeben niederzulassen, wäre da aber am allerunrichtigsten gewesen. Denn dann platzt seine verrostete Federung und stößt einen gleichsam hart und hohl ab. Es ist zum Davonlaufen.

Aber der Greis blieb, wo er war, lautlos und ohne Tätigkeit, in seiner Untätigkeit. Seine ganze Existenz bestand nämlich in einer Art Nichtexistenz: in seiner Untätigkeit. Und dabei war er doch banal und wirklich, und es schien, es hätte ihm nichts Außergewöhnliches bedeuten müssen, sich um seine täglichen Bedürfnisse zu kümmern. Und er kümmerte sich auch darum, aber auch dieses wieder leblos, dass einem ein Grauen davor ankommen konnte. Und man wusste nicht, war es die Nüchternheit, mit der er es tat, vor der einem graute, oder hatte sogar sein Grauenhaftes noch jenen Anstrich von Nüchternheit? Es muss geradezu furchtbar sein, solch ein Alter zu sein. Man konnte kaum glauben, dass er auch noch Mensch war.

Er zog nun einen seiner Sessel, die freudlos um den Tisch gruppiert waren, vor die Ofentüre und wartete auf die Wärme. Es wurde dunkel. Erst als es stockfinstre Nacht draußen war, dachte er daran, sich eine Lampe zu suchen. Aus Sparsamkeit natürlich. Beides zugleich war überflüssig. Das Feuer war ja bis jetzt das Licht gewesen. Beinah nur in der Eigenschaft einer Lampe hatte es existiert. Und als ein dennoch in dem Ofen Verbranntes, gab es auch nur einen der Öffnung entsprechenden Streifen bis zur Türe, wo sich das Licht, da diese einstweilen geschlossen war, wieder umbog, zur Stubendecke hinauf. Da schoss es in Strahlen flackernd an den Ketten einer Hängelampe herab; spärlich, dass man sie gerade noch sah, die leer gebliebene Hängelampe.

Und die Türe in die nebenliegenden Räume, als er sich eine Kerze holen ging, wollte der Greis auch nicht offen stehen lassen, kann man sich wohl denken. Seine Hände gingen gleichsam durch den finstern Raum, durch einen nach dem andern. In der Küche stand zwar ein Nachtlämpchen, aber das fand er nicht. Fremde Menschen hatten da eine ihnen selber nur verständliche Ordnung gemacht. Eine Ordnung war es, die ihren eignen Weg ging und ihn gleichsam ausschaltete. Da kam dem Alten plötzlich in den Sinn, dass drüben in seiner Schlafstube ein Leuchter stand. Der war leicht zu ertasten. Er brannte sein Licht aber erst an, als er wieder in der Stube war, weil es ihm sonst da draußen abermals unter den Händen erstorben wäre und er glaubte, dass es da drinnen inzwischen warm geworden sei. Der Abend dauerte lange. Und der Alte blieb kaum verändert von Neuem auf seinem Platz. Man konnte nicht sagen, dass er auf etwas wartete. Aber vielleicht war es doch eine bestimmte Stunde, um die er schlafen ging. Man konnte nicht sagen, wie man es gewiss bei andern Menschen mit Recht tut, dass er die Zeit totschlug, seine Sünde war vielleicht, dass er sie nicht ins Leben hob. Wenigstens abends, wenn er so ganz und gar allein war. Und das draußen glich ebenfalls seiner lautlosen Stube, als er sich erhob und zur Ruhe ging. Schlaf hatte er beinahe nie. Nur gegen Morgen kam etwas von dem Zwielicht in seine grauen Augen.

Frühling kann zeitweise zurückgehen, besonders zu diesen Stunden, wo die Erde gleichsam über Nacht erkaltet ist und der aufgehende Feuerballen seine Strahlenkraft noch nicht hat. Da ist es wirklich zum Gefrieren. Jedes junge Gräslein ist weiß ausgezackt. Die Natur erinnert sich zurück und bekommt weiße Haare.

Mit einer kalten Maske gleichsam liegt man da und sinnt, so recht ohne Hoffnung auf Schlaf und Traum. Dieser Traum vor allem ist das lebendige Gebirge der Seele in diesem sonst totenähnlichen Zustand. Der

Alte musste es zum mindesten bestimmt wissen, dass er nicht schlafen noch träumen konnte. Aber da er schon in den Jahren war, wo man zeitweilig ganz vergisst, so war sein Zustand doch wenigstens manchmal eine Art Dahinsein. Und wenn er dann wieder da war, war er so nüchtern auf sein Tägliches gleich eingestellt, dass ein bisschen Qual doch noch dagegen ein edlerer Zustand war.

Morgens ging er dann in eine bescheidene Kaffeestube. Da war es wenigstens warm. Und Tageszeitungen lagen auf. So konnte man sich mit fremdem Leidwesen beschäftigen. Oh, diese Flucht vor dem Furchtbaren in das Furchtbare! Wer mag die nicht schon irgendeinmal, wenn auch nur auf der Straße, indem er stürzte, erlebt haben? Jene eisige Freude des Mitleids der andern. Denn etwas anderes steht doch kaum in den Gesichtern. Diese Tagesblätter sind der Schneeball gleichsam, aus dem sich schwache Kräfte glauben die Lawinen ihres Seelenlebens zu ballen.

Der Greis las zuerst, wie immer, das Amtliche. Und dann ging er zu jenen Teilen über, die das Leben der Straßen schildern, oder die den Querschnitt eines Hauses geben, wenn etwas darin passiert ist. Dann las er vom Handel und von der Börse. Er hatte nichts mehr damit zu tun. Ober aber mögen wir sagen, er hatte nie etwas damit zu tun gehabt. Das war es ja: Alles war schon gelöst. Eine nicht mehr sich verwirren könnende Ordnung war in seinem Leben; durch die Kälte seiner Naturanlage. Er hatte überhaupt nur ein einziges Mal ein Geschäft gemacht im Leben (alles andere war ein von jeher schon da gewesener Bestand gewesen) – damals hatte er ein Geschäft gemacht, als er geheiratet hatte.

Die Frauensperson, die ihm jetzt in der Kaffeestube den Kaffee einschenkte, schob ihm mit der Kanne die Zeitung weg. Viel Komplimente wurden da nicht gemacht, denn es war besonders billig da, und alle, die kamen, waren sich bescheidend. Und das wusste die Inhaberin, wie man jede Lebensweisheit weiß, nur kann man, je robuster man ist, je mehr Nutzen daraus ziehen. Und wir wissen, was die Robusten leider meistens für Leute sind. Der Greis trank also, er schlürfte, denn die Brühe war heiß. Semmeln waren im Korb, so viel man wollte; ihnen war es auch zu verdanken, dass die früherleuchtete Atmosphäre der Bäckerstuben mit in den Raum gekommen war. Trotzdem sorgte aber vieles, wenn auch Unbestimmtes dafür, dass man sich da nicht etwa daheim fühlte. Diese Person wollte nach ihren paar Frühstücksstunden nichts mehr mit dem Geschäft zu tun haben. Sie setzte sich dann in den Hintergrund und haspelte da die Maschen ihres Strickstrumpfes ab. (Es war eine Art Mundwerk, dieser Strickstrumpf; und wenn sie so fundiert war, konnte man sich das Übrige denken.) An diesem Morgen aber fing sie aus irgendeinem Grund zu plaudern an. Der Greis erschrak beinah. Denn wenn er selber auch leblos schien und erkalten machte, so war ihm doch das gute Wort nicht fremd geblieben. Da aber erkannte er, dass keine Güte war, nur Berechnung. Trotzdem hatte aber ihre Art etwas Bezwingendes, etwas dem Alten weit Überlegenes. Sie war erst ungefähr 45 Jahre alt, ein Alter, in dem Frauen oft noch ungeheure Macht besitzen. Und besonders (so widersprechend es auch scheinen mag), wenn sie für gewöhnlich wortkarg und unfreundlich sind. Dann wirkt die einzeln kommende Ansprache wie ein greller Lichtpunkt, und diejenigen, die in irgendeinem Winkel ihres Herzens bange sind, müssen dann aufleuchten. Es ist die Sonne des schlechten Gewissens, oder aber die Traurigkeit des Furchtsamen.

»Sie sind«, sagte sie, jetzt bereits schon strickend, »jetzt ganz alleinig, Herr Münster? Ihre Frau ist gestorben?« Er gab nicht gleich ein »Ja« zurück, vielleicht aber auch gar keines. Er schaute wenigstens wie wortlos über seinen Zeitungsrand. »Sie ist aber lange leidend gewesen? Mein Gott!« Dann strickte sie wieder. Sie stattete wohl auf der Anhöhe ihres Maschenberges der Verstorbenen eine Visite ab. Aber der Greis gab auch darauf keine Antwort. Er wusste, wie das ist, ein reicher Alter sein. Er hatte ja selber eine Greisin geheiratet. Zwar war sie damals mit ihrem schwarzen Scheitel kaum eine Fünfzigerin gewesen. Mit diesem Ehebund aber hatte sie auch schon in das Gras gebissen. Sie starb vom ersten Tage an im Laufe von zehn Jahren. Dann, als sie ihrer ursprünglichen Natur nach zum Tode gereift war.

Es war eine gute Frau gewesen. Ihrer Lebenszeit, die von der Kindheit eine einzige Linie war, bis zu diesem Tage, haftete dadurch etwas Kindliches an, das zwar nicht geradezu Beschränktheit genannt werden konnte, aber eine Art Ausflucht davon war; eine Art Güte, die man nur wider Willen als Güte mag gelten lassen. Ja, damit mochte sie sich auch die zunehmende Bösartigkeit ihres Mannes zugezogen haben, oder vielleicht schon von vornherein seinen Heiratsantrag, der, wenn er schon nicht Güte war, eben nur eine Art mit ihr Spott treiben wollen gewesen sein konnte.

Ja, sie alterte gleich vom ersten Tage an. (Denn was begonnen werden muss, muss gleich beginnen.) Sie alterte, indem er gleichsam jugendlicher wurde. Und vom ersten Tage an schon schämte sie sich dieser Heirat. Warum sie sich nur vorher nicht ihrer geschämt hatte? Sie hatte sogar noch etliche Tage vor ihrer Trauung sich für ihr künftiges Fenster ein Dutzend hochrote Nelkenstöcke gekauft. Oh, hätte sie nicht geheiratet! Sie wäre gewiss noch lange in munterer gleicher Fröhlichkeit geblieben. So aber musste sie gleichsam in die Versenkung eines traurigen Alters.

Sie waren, so war es verabredet worden, gleich in eine andere Stadt gezogen. Ihr Häuschen ward noch am letzten Tage vor der Trauung verkauft und dafür der Teilbesitz einer besseren Mietskaserne erstanden, wo sie denn auch gelebt hatte und gestorben war. Zehn Jahre. Zehn Jahre sind nicht lang? Ich kann versichern, sie sind sehr lang; mitunter sogar länger als ein ganzes Leben. Es ist eine Hetzarbeit, so spät begonnenes Unheil. Es will die Dimensionen haben von einem vollen berechtigten Dasein. Und sie lächelte schon nicht mehr aus Freude, sondern nur mehr, wenn sie allein war, und nur, weil sie es doch nun einmal so gewohnt war von früher. Sie lächelte ihre Zuckerdose an und ihren Glassturz, unter dem verklärt eine Uhr stand; sie lächelte ihren gelben Kanarienvogel an. Aber als sie starb, lag auch er tot auf dem Sande seines Bauers, er hatte genau mit ihr die zehn Jahre gelebt. (Auch diesen Vogel hatte sie mit in den Ehestand gekauft.)

Und wenn wir uns weiter in das Wesen dieser Kaffeehausbesitzerin versetzen, müssen wir ferner mit ihr fragen, worin denn überhaupt der Zwiespalt dieser Ehe lag. Denn einen natürlichen, harmlosen Grund, wie wir ihn kennen, lässt sie nicht gelten. Sie sagte überhaupt zunächst zu allem Nein. Um es dann unvermerkt nach und nach zu ihrer eigenen Meinung umzuwenden und aufzubrauchen. Da gab es keinen Widerspruch mehr oder Hinweis darauf, auch wenn man ganz dasselbe gemeint hatte, denn immer war sie die Erste und Letzte. Für sie gab es sie und ihre Kaffeestube. Und alles andre, was drum und dran existierte, war nur wieder dafür da. Und so, meinte sie, hielten es mit dem Leben auch alle anderen Menschen. Und wer anders dachte als sie selber, ward völlig von ihr verachtet. Und wenn sie es aber dennoch an irgendeiner Stelle ihrer Seele wusste, wie es anderen erging, und dass es ihnen anders erging als ihr, so ließ sie es trotzdem, wie schon gesagt, weil es ihrem Prinzip widersprach, nicht gelten. So stand es mit ihr, als sie strickte und dabei den Witwer anredete. Und er blieb wahrhaftig, obwohl ihm das alles nicht gefiel, doch eine Weile länger, als er bislang gewohnt gewesen. Nur einfach, weil es in ihrer Absicht lag.

Ihre Ansprache hatte ihn ordentlich gemartert. Und was hatte sie denn im Grunde gefragt? Beinahe nichts.

Er stand auf und ging. So ein Tag ist lang für einen alten Mann. Noch dazu, wenn dieser Greis nicht gut ist, sondern gerade, wie er war. Er hatte keine Ausgänge, keine Ausrede der Langeweile. Alles hatte ihm seine junge Aufwärterin auf das gewissenhafteste abgenommen. Das war ja der Fluch seiner boshaften Natur gewesen, dass sie ihm Zeit für das Nichts ließ. Er ging in die Straße, in der die schönsten Schaufenster waren. Er schaute sich die Dinge an. Was er dabei dachte, kann ich indes nicht bestimmen. Er ging unter die Arkaden und betrachtete die verwitterten Gemälde, eines nach dem anderen. Aber wohl mehr aus alternder Zerstreutheit als aus wirklichem Interesse. Dann rief ihn ein Parademarsch aus einem Torbogen hervor. Was er von Musik dachte? Nichts. Er hatte eigentlich in ihr nur zwei Unterschiede herausgefunden: Märsche und Walzer. Und für beides war er nie zu haben gewesen. Die Leute, die da hinterdrein liefen, kamen ihm vor wie hinter der goldenen Gans, unfreiwillig gebunden.

Und um mich wieder mit seinem eigenen Leben zu beschäftigen: Er, der äußerlich nur von einer Farbe schien, war sich doch alles dessen bewusst, bis ins

Kleinste und Letzte, was er an Schmerzen und Traurigkeiten bei seinen Nächsten hervorrufen konnte, und wie er selber gedemütigt und kleingemacht werden konnte. Es fehlte ihm bei seiner ganzen Alltäglichkeit nicht an Wissen für das Alltägliche.

Wenn er nicht guten Tag gesagt hatte, sondern sich einfach zum Mittagstisch gesetzt hatte, – nicht guten Tag gesagt, diesem freundlich gestimmten Wesen. (War doch das Essen schon in diesem Sinne gekocht worden.) Wenn er keinen Dank dafür hatte, dass seine Wäsche wie Blüten so weiß war und so zart gebügelt wie die eines hohen Herrn. (Denn dem Stande nach war er etwa ein Schalterbeamter.) Musste nicht ihre Hand darob nach und nach langsam buchstäblich erlahmen? Denn er aß nicht noch freute er sich, aus selbsterschaffener Kälte.

Wie konnte sie auf die Dauer für diesen Menschen tatkräftig arbeiten ... Braucht man nun doch zu jeder Arbeit eine ihr gehörige Kraft. Er nahm sie ihr gleichsam, denn er lebte sein Leben weder mit ihr noch neben ihr, ja, kaum bedient von ihren Händen, sondern nur von irgendwelchen. Er tat, als ob sie nicht da sei. Er ging an ihr vorbei. Er war damals erst sechzig Jahre. Er war gut im Stande, das konnte man wohl glauben. Er war wie ein steingewordenes Holz. Die Frau hatte er jedenfalls, seiner Rechnung nach, zu teuer gekauft. Er musste sie verachten. Vielleicht war aber nur ihre Freundlichkeit an allem schuld. Jedenfalls konnte man es so beurteilen. Sie aber selber hatte, ohne dass er es merkte, ihre Reue und Beschämung nach innen gewendet. Sie demütigte sich vor sich selber. Sie sagte etwa, während sie doch schwieg und ihren Mann bediente: Das ist jetzt deine eigene Bestrafung. Warum hast du altes Ding diesen jungen Mann noch geheiratet? (So jung war er nun wahrhaftig nicht mehr.) Aber sie erniedrigte sich mit Willen vor sich selber. War denn das alles nötig gewesen? Hatte ihr denn der böse Feind das selber ins Ohr geblasen: Sie solle noch heiraten? Hatte sie nicht das schönste Leben gehabt vordem? War sie damals nach allem ihrem bisschen vormittäglicher Arbeit an ihrem Fenster nicht wie in einer Chaise gesessen? Kein Mensch hatte sie da je gestört, wie viel weniger gekränkt. Sie hatte ein Dasein wie den lautersten Honig gehabt.

Das sagte sie zu sich, während sie ihren Mann bediente. Denn sie hatte schon vom zweiten Tage an aufgehört, mit ihm zu gleicher Zeit zu Tisch zu sein. Man denke sich, bei ihrem von Natur so harmlosen Wesen, was das bedeuten musste.

Aber alles gab sie dennoch nicht auf. Sie bemühte sich, da es sich zeigte, dass er sie als seine Frau nicht ehrte, seine Mutter gleichsam zu werden. Aber buk sie zum Beispiel an einem Sonntag für ihn, vielleicht weil Feiertag war, oder weil er Geburtstag hatte, Spritzküchle aus dem Schmalz heraus, und breitete sie auf goldumränderte Teller, und stellte den duftenden Kaffee in ihrer schönsten Kanne, die sonst nur im Glasschrank stand, auf den Tisch, so musste sie nach Kurzem, als sei es nur Schwarzbrot gewesen, das

Ganze wieder beiseitetragen. Und ihre Küchle verloren den Witz, und den Kaffee, duftend, als habe ihn ein Araber gemacht, hatte sie gleichsam vor einen Felsen gestellt.

Der Alte verschloss sich aller Güte, und so sank ihr nach und nach der Mut und mit ihm auch allmählich ihre willigen, bereiten Hände. Nach einigen Jahren schon hätte sie wirklich dem Äußeren nach für seine Mutter gehalten werden können. Das aber machte seine Härte zur Dauer. Er alterte nicht mehr, bis sie starb. Er blieb stehen. Er wurde, wie schon gesagt, ein versteinertes Holz. Und als sie einmal begonnen hatte, das und all das Viele, was es noch zu begreifen gab, ganz zu begreifen, blieb sie eines Tages einfach entkräftet zu Bett – als sei sie nun plötzlich nicht nur Mutter oder Großmutter, sondern seine Urahne geworden.

Das kindhafte Mädchen, das damals noch mehr ein Kind war, kam und kochte ihr ein Essen, ein Müschen, und gab es ihr löffelweise ein. Sie war vom Schlag gerührt. Sie sprach auch bald nicht mehr. Sie hatte auch sonst fast nur »Danke« gesagt.

Ihr Mann aber ging ins Gasthaus. In der Früh saß er in jener Kaffeestube. Was hatte ihm seine Frau nur angetan? Sie hatte ja ihn nicht geheiratet, sondern er sie. Und außerdem hatte er auch noch ein hübsches kleines Vermögen angetreten, in Umwandlung dieser einträglichen Mietskaserne. Und dabei lebte man ganz wie allein da. Warum hatte er sie nur auf diese langsame Art totgemacht? Er hieß Michael Münster.

War er etwa das steinerne Haus des Teufels? Warum lebte er noch, und ungestraft?

Nicht ein warmes Wort hatte er der Kranken gegeben. Fremde, ein noch kindhaftes Wesen, hatten ihr Pflegerinnendienste getan, als ob sie nicht eine ganze, erwachsene Menschenkraft wert gewesen wäre. Eben dieses Kind hatte ihr die Sterbekerze in die Hände geschoben. Nur er hatte ihr schließlich die Augen zugedrückt.

Und mit dieser Schuld saß er nun in der Kaffeestube, ging er an den Schaufenstern entlang, sah er sich Landschaften an und hörte er Parademärsche und Walzer. Wo war nur die Liebe Gottes geblieben, als dieser Mensch erschaffen worden war. Und doch gibt es noch viel Bösere und Härtere als ihn. Und noch viele, viele wie er selbst in allen Spielarten. Und selber, wer weiß, war man auch schon Augenblicke lang gegen Menschen so gewesen.

Denn was fragt die endgültige Gerechtigkeit, ob dieser Augenblick nur einen Augenblick lang oder eine Ewigkeit gedauert hat. Oder hatten sich Menschen ihre Strafen nur selber erfunden und geschaffen? Erfüllte man schon sein eigenes Gericht, während andere einen unerreichbar wähnten? Oder war man wirklich unerreichbar? Denn immer noch kommt zu dem Alten das kindhafte Mädchen, räumt und säubert ihm die Stuben, unpersönlich einer eignen, noch unerschlossenen Zukunft zugewandt. Sie heizt ihm die Stube, bringt einen Apfel sich mit, kindlich, als wäre es ein Ball, und glänzt ihn an ihrer

Schürze, dass er vor Röte ganz brennend wird. Im Frühling einmal stellt sie ihm erstgepflückte Anemonen auf den Tisch. Aber nur, weil sie viele, viele gefunden hat, und weil da Vasen sind, in die man sie stellen kann, und Stuben, aufgeräumte, in denen Blumen stehen können.

Denn längst sind sie, diese Stuben, von ihrer Reise in das Todesland zurückgekehrt. Nur einmal macht das junge Wesen seinetwegen ein vorahnendes, alles fürchtendes Gesicht. Aber eigentlich ist es auch da nur das aufschlussgebende Dasein selber, das ihre Augen öffnet. Denn das Leben scheint unbeteiligt nur seine glühend heißen und erkaltenden Jahreszeiten in diesem großen grauen Hause niederzulegen. Die Uhr unter dem Glassturz geht unhörbar; der Alte scheint so weit zu sein, dass ihm nicht einmal mehr ein Gang durch die Straßen erwünscht ist oder das Blättern von Zeitungen in der kleinen Kaffeehausstube. Kurz, er scheint auf dem Gipfel seiner Einsamkeit angekommen zu sein. Aber im Herbst ist es. Der Greis hat sich erkältet und schaut von seinem Lehnstuhl aus auf seine einzige Straße. Da kommt sie. Die Kaffeehausfrau, sie selber kommt, sie, größer als die Stube. Und da es ein Verhängnis ist, sieht er es zunächst nur und weiß nicht, geht es vorbei, nur mit dem nie mehr sich verlierenden Angstgefühl, oder packt es ihn mit seinen realen Händen, mit seinen überlebensgroßen Gesten, als gehörte es sich so und als sei es um alle so bestellt in der Welt, und doch auch wiederum nur einzig um ihn allein. Und dabei hatte er doch selber sich sein Leben vorgezeichnet, nichts in ihm war von ungefähr gekommen. Ein Gott seines Schicksals war er gewesen. Und da wollte er sich nun gar vor sich selber fürchten. Und fühlte schon sein eigenes knöchernes Gestell, so wie man den Tod plötzlich erkennen mag. Aber noch ist auch das Leben da, das harmlos scheinende. Es bemächtigt sich seiner in den unscheinbarsten Formen, denn, was ist denn da so zu fürchten, wenn die Kaffeehausstubenbesitzerin kommt, die rundliche, in ihrer Art sorgende, aber allerdings auch mächtige, um sich nach seinem Wohlbefinden zu erkundigen? Denn er ist wahrlich schon allzu lange nicht mehr in dem Lokal gewesen, der alte Mann da.

Von den Erdbeeren

Und immer wiederum dasselbe kehrt zurück, als gäbe es ein einzig Leben nur in Urahne, Großmutter, Mutter, in Großvater, Vater und Kindern.

Oh, wie hell wäre es in uns, wenn dieses einmal abgedient wäre, wenn wir begännen …

Wenn die Erdbeeren und Ananas reif werden und ihren vielfarbigen Duft auf den Bahnen der Luft dahintragen, wenn man die Kindheit fühlt und den Morgen einer Mutter, ja der vielen Arbeitenden, die ringsum in der Welt sind, und die Stadt mit den ergrünten Gärten, die wie schimmernde Wellen um die Mauern branden, wenn man fühlt, wie auch alle stummen Dinge Eigner und Träger des Lebens sind zu einer guten Stunde, dann wird man zuversichtlicher, tröstlicher und nicht vergeblich. Man ist ja selber jung und gehört zu der Schönheit eines Junitages, ist tief darinnen wie Amselsang. Aber weil man das sein kann, ohne Anteil an den Mühen des Daseins zu haben, und weil man doch wiederum nicht bereit ist, wie ein Vogel aus der Luft zu fallen, weil man immerhin ein Gehäuse braucht und nicht den Erdboden nur wie ein Relief betrachten mag, so ist man auch in der Schönheit gefährdet. Man ist plötzlich nicht mehr

Mensch für die Menschen, wie eines Toten ist unser Schicksalsgang entschwunden … Wir leben außerhalb unseres Seins, und eines Tages findet man uns wie eine Pflanze, die langsam in die Erde hineinfault.

Da muss uns die Klarheit helfen, noch zur rechten Stunde, die von vielen Menschen die Liebe geheißen wird, die immergrüne Landschaft des eigenen Herzens.

Es reiften die Erdbeeren unter den dunkelhaarigen Blättern; es erinnerte an ein altes Bild in unserm Hause, wo man vom Palaste aus und vom Garten des Palastes in die Badestube der keuschen Susanna blicken konnte …

Es gab da Hände, die lüstern wurden, wie die beiden Greise. Sie waren bereit, sich der Schande vor aller Welt auszusetzen: Sie taten es dennoch …

Aber wenn die Geschändete ein Garten ist, dann ist nur der tiefblaue Junihimmel der Richter, dann ist nur die scheinbar unberedte Straße die Welt, die Gärten mit den grauen Steinumfassungen, mit den silbergrünen Gebüschen, mit den Arabesken des Schattens auf den grauen Hausgesichtern.

Ein schmaler Garten erstreckte sich ums Haus; es schien ein echter Kleine-Leute-Garten zu sein, nur zum Ansehen geschaffen. Aber nicht nur für jene, die außen auf der Straße vorbeigingen; auch innen reiften die Birnen aus hellen Blüten, man wusste nicht recht für wen.

Zuvörderst war der Besitzer des Hauses und des Gartens da, aber nicht im Hause und nicht im Garten, sondern oben am Berge wohnte er, und es hatte ihn nie einer einernten sehen. Und wenn er am Tage von seiner Arbeit – denn das Haus, in dem wir lebten, war nur sein Fabrikgebäude – aus den Fenstern niederschaute, dann sprangen da die Kinder seiner Mietsleute und die Schmetterlinge und die Schatten der Schmetterlinge und ein Vogel, der zirpend niedertauchte zu einer kleinen Raupe. Und die Birnen und die Riebisel waren noch nicht zeitig. Und immer war zwischen jedem hellen Tag eine Nacht, und man wusste nicht, waren es die Vögel oder der unbewachte Kindersinn, die im grünen Laube so vorschnell die gelben und roten Farben und Formen ins Auge fassten und in nichts anderem als in den Beeren nur den Garten sahen. Oder kam nachts der Dieb; Dieb schlechtweg, wie er auch genannt sein wollte, denn was wäre aus ihm geworden, wenn man ihn erkannt und bei seinem Menschennamen gerufen hätte? Nein, von dieser Art wünschte man sich keinen zu fangen. Man hätte viel lieber am Tage den kleinen Vögeln etwas Salz auf den Schwanz gestreut.

Das dachte sich so der Fabrikherr und Eigentümer, wenn er vor der Ernte des Gärtchens aus dem Fenster blickte, und das war so mild gedacht, dass es ihm selbst gefiel.

Indes, so in die blaue Luft lässt sich immer noch gütig sein. Sie nimmt einen nicht beim Worte. Man kann heimgehen von der Arbeit zu einem traulichen Tische und sichs gut gehen lassen als ein Gerechter. Ja, es scheint, als gehe es einem von einer solchen unverübten Guttat, die wie ein Straußenei an der Sonne liegt, besonders zuversichtlich. Man lacht im Stillen. Die ganze Welt ist vergüldet, wenn man sie anrührt.

Aber draußen geht der Duft um. Er weht durch die Stuben, über die leeren Platten, die aufgestellt sind auf den Kredenzen, er verbirgt sich in einem Blumenstrauß. Aber vielleicht findet er wieder in einem Glase ein Erdbeerbüschelchen und sammelt sich darum und wird ein großer, unsichtbarer aromatischer Strauß.

Oh, wenn es Engel gäbe, die nur mit Früchten lebten, mit über der Brust gekreuzten Armen, sie speisten die gereiften vom Stängel, so wie sie auf sie warteten, Engel, deren Weihrauch der Duft von Blumen und Früchten wäre.

Aber nirgends ist es so, dieser Kuss ist aufgespart im Unerfüllten.

In den dem nördlichen Himmelsstrich zugewandten Zimmern stieg der Tag nur langsam auf die Höhe. Der Schatten des Laubes fiel noch schwer in die Stube, er stieß aneinander.

Das Leichteste waren noch die wirklichen Geräusche, das Auf- und Niederhüpfen des Kanarienvogels auf den Stäbchen und wieder hinunter auf den Sand und wieder zurück auf die Stäbchen. Und die Uhr, immer die Uhr; aber die Uhr wieder, deren Zifferstunden nur in der Frühe Geltung hatten und um die Mittagsstunde, pochte wie der Puls in einer frisch gebadeten Hand, die in dem Schoße ruhte einen Augenblick. So tun die Mütter. Es ist, als sei, wenn so ein Raum gekühlt und frisch angetan ist von einer Mutter, ein Wiegenkind in ihm. Alles summt um diese erste Stunde.

Die Gardinen aber hängen wie reglos in ihren bläulichen Falten. Der Narzissenstock spiegelt sich in der Fensterscheibe. Der herzliebe Blick, mit dem noch die Mutter in den Raum zurückgegrüßt, eh sie ihn sorgend verließ, bleibt über ihm.

Und die Rufe, die von der Straße her eindringen, gelten nicht ihm: nicht dem Wagen, der schwer rollend die Straße beschreibt. Eine eigene Schrift ist das. Die Tafeln werden immer angefüllt dem Raume ins Gesicht gehalten. Aber er sieht es nicht. Der Tag da innen hat eigene Währung.

Da, ich weiß nicht mehr, gingen Trommler und Pfeifer vorbei, die Fenster waren plötzlich alle auf, und jemand, der schon wieder über Treppen und Gänge ging, sagte noch im Nachgefühl seines Glückes: »Oh, Erdbeeren!«

Ja, es duftete, und dabei die Stille, es war kostbar …

Wir Kinder kamen nach Hause. Klein waren wir und noch unbekannt in der Straße. Nur die Nachbarn der nächststehenden Häuser wussten, was wir für Kleider trugen, was wir Tag für Tag speisten, wie unsere Mutter war … Und die ferne Lebenden in der Straße sagten nur noch unseren Namen, sie probierten ihn gleichsam jeden von uns, wie man junge Tiere zu sich ruft, die dann wieder weitergehen, wenn sie gemerkt haben, dass es ihr Herr nicht ist.

So waren wir, wissender als große Leute und unwesenhafter doch als alles, mählich auch an diesem Tag zu Hause angelangt. Wir hatten den Garten gleichsam mit heraufgebracht. Er hatte ja Raum in dieser großen, weiten Stube. Sie war auch lang genug allein gewesen. Ganz genau waren die umsonnten Erdbeeren in unserm Sinn. Es war, als hätte sie uns jemand vor Augen gehalten. Nicht zerstreut, wie wir sie heute sehen und morgen, sondern wie sie gewiss die Vögel nur erblicken in ihren beerenrunden Augen.

Aber nicht nur den verschlossenen Hausgarten mit den Rosenbäumchen, mit den Kränzen von Ananasbeeren, mit dem Duft der Kastanienblüten, auch die Straße selbst lag in unserem Sinn. Wir spielten darin mit unseren Händen, während sie auf den Tischen warteten, wie eben Kinderhände vor dem Mittagessen. Wir sagten nichts. Das Gold der Mittagssonne macht verschwiegen. Aber die Mutter kam. Die Narzissen sträubten sich vor dem jähen Luftzug, die Gardinen in ihrer weißen Haustracht erhoben sich. Nun durfte man reden und essen. Vielleicht war alles nur Hunger und Müdigkeit … Gewiss, hungrig und müde war man, aber reden und essen mochte man dennoch nicht. Es war eine echte Geisterstunde um Mittagszeit. Das Gesicht der Mutter selber schien auch nicht da zu sein. Es war noch über dem Herde.

Eins von den süßen Worten – es brauchte kein anderes zu sein als ein alltägliches, man war ja noch weit von der Not entfernt, einander gefallen zu wollen, man liebte sich einfach –, eines der täglichen Worte ließ sich nicht einmal finden.

Es ist ein Seltenes mit dem Menschengedanken. Denen ich's erzählte, die könnten wohl noch kaum merken, um was es sich dreht, denn es war ja noch nichts gedacht, noch nichts geschehen. Es war nur empfunden worden: Da, am Ende der Straßenfront lag, wie von abertausend Sonnenpfeilen durchzittert, der kleine Erdbeergarten. Und sein reifes Blut schien von Stunden gemessen. Und seine Blätter müde zu verbergen. Der Duft floss. Wir wussten: Bald dufteten die Kastanienblüten, von Bienen angesummt, bald ein rundes Beet von Narzissen, bald rochen wir das Sanfte der Stiefmütterchen. Aber wenn die Erdbeeren wieder strömten, schien uns die Mahlzeit öde und beschwerlich zu sein und gar nicht einladend; wir wollten aufstehen und gehen.

Es gab bei uns kein Dessert an den Werktagen. Die Mahlzeit war darum in ihrer gerechten häuslichen Art dem Junitage nicht gewachsen. Wir standen wie in einem kleinen Käfig des Frühlings und des Sommers.

Und die Mutter, zugleich jung und erwachsen, hatte ihr Herz vor den vielen verschlossenen Gärten gleichfalls hart zugetan. Keine Fürbitte sprach aus ihrem Gesicht. Sie dachte, besonders bei dem Garten, der unser weißes Haus schmal umlief, dass es über ihre Erfahrung ginge, und sie riet uns darum, in den entfernten Straßen und Anlagen zu spielen. Die kleine Gartentüre konnte ja plötzlich nachgeben. Wer kannte die Magie ihrer sommerlichen Lust …

Ihr hingegen sagt vielleicht, wir alle drei hätten nicht entbehren gelernt. Was ist dann aber entbehren können – wenn wir es wirklich nicht konnten –, wenn nicht die Freude, die Dinge anzusehen. Gesättigt kamen wir von unseren Marktgängen zurück, und wir hatten oft nicht ein Sträußchen, kein Bündelchen der Erstlingskirschen gekauft. Und die Goldtruhe des Gemütes war weit geöffnet. Aber es genügte dem kleinen Spiegel, der darin eingelassen war, den Erdboden zu spiegeln; der mit Obst und Gemüse beladene Stand sah sich darin. Aber wie Schmuckstücke und alte Musik fühlte man diese Welt in sich verwandeln und hinübergehen.

Aber der Erdbeergarten wollte sich nicht verwandeln. Er war der Garten aller Gärten; keines Schweiß und Mühe, keines Eigentum und dennoch verschlossen schien er sich selbst gegeben. Er war im Grund nur ein kleines Vorgärtchen, das auf einen runden Platz und die weite Straße hinuntersah, aber es kam mit Macht aus der Erde: Es hatte schon unsere Herzen überwunden. Die Dinge hörten auf bei uns in Arbeit zu gehen, von der Stunde an.

Was das aber heißt für ein Kind, ohne Welt zu sein …

Einstweilen spielten wir noch, wie es uns die Mutter geheißen, im Park im Sande. Unser kleines hölzernes Rollwägelchen war mit Steinen beladen. Steine lagen da überall. Steine in Farben und Formen, mannigfaltiger als die Gedanken. Es schien für jeden Einfall, jeden Griff einer da zu sein. Aber hart waren sie trotzdem, durch und durch Steine. Das trieb uns schließlich fort von dem Orte. Diese Menschensprache der Entsagung und völligen Einsamkeit war für uns Kinder fremd und beinahe schauerlich.

Wir erhoben uns und gingen, die Hände einträchtig an der Lenkstange, die Straße hinauf. Wir gingen in Eile. Es war, als sehe man uns nicht. Wir gingen um den Brunnen, der unter den Linden stand, wir gingen um jeden Baum. Schließlich sangen wir ein Mailiedlein, aber leise, als sollte es niemand hören, in der Blindheit der Sonne. Wir waren allein; im Schutze unserer Kleinheit, wie unsichtbar. Wir standen stumm vor den Eisenstäben des Vorgärtchens, eine Weile um die andere. Wir sahen nichts. Die Blätter waren rau und gezackt, bis sich im Auge eine Erdbeere spiegelte, ganz unerwartet scheinbar. Aber da war auch schon die Hand auf der Klinke des Pförtchens. Und der Wagen ging nach. Und wir saßen am Rande der Stauden und schauten unter die Blätter und griffen unter die Blätter. Und die Früchte waren süß, auf dem Gipfel der Süßigkeit. Sie fielen uns selbst in die Hände, wenn wir die Büschel berührten. Und e … Wir sahen uns nach unsern Händen um. Es waren vier Hände zusammengehalten, aber vier kleine Hände, deren Linien, wie die Linien des Gesichtes, noch kaum begonnen waren.

Da schauten wir auf das Wägelchen. Und wir fanden, dass Kies zu Kies gehörte, und leerten es aus.

Und dann, in beredtem Eifer, deckten wir den leeren Boden des Wägelchens mit den Blättern. Und eine

Erdbeere lag darin und noch eine und war bald rot über rot. Und als wir müde waren und wie kleine Hasen hockend nichts mehr begannen, war auch schon später Nachmittag draußen in der Welt. Die Straße war abendlich klar über klar. Jede Tür war ein Mund, jedes Fenster ein Gesicht, und die Gärten schienen uns mit einem Male alle offenzustehen. Wir fürchteten uns plötzlich. Wir waren noch immer allein. Da erhoben wir uns, und das Wägelchen folgte, was hätte es sonst tun können ... Wir hüteten es schon vor dem Umstürzen. Ich erinnere mich noch, dass aus dem geschlossenen Fenster jemand erstaunt und neugierig herniedersah. Aber es war ja unmöglich, dass uns die Erdbeeren nicht gehörten, wenn wir sie so offen in einem Wägelchen nach Hause fuhren. Das stand in dem Gesicht. Wir aber waren wie die Diebe bei Nacht, uns war nichts abzulesen. Wenn man uns plötzlich gefragt hätte: »Wer seid ihr, und was tatet ihr hier«, wir wären nicht sogleich aus unserer traumsichern Wachheit aufgeschreckt. Wir hatten uns ganz unwirklich selber vergessen. Unser Wissen war Nichtwissen. So kehrten wir heim.

Wir freuten uns, als niemand in den Zimmern war und wir die leeren Platten auf den Kredenzen füllen konnten. Die Abendsonne schien. Der Vogel sträubte sich im Wasser. Die Uhr begann zu schlagen. Es ging vorüber. Wir zählten es nicht. Auch wir waren aus dem Raum. Ob wir bei der Magd standen, die in der frischgeglätteten Schürze das Bügeleisen so gefährlich schwenkte, ob wir das Treppengeländer hinabfuhren oder ob wir uns einem der aufgeregten Abendspiele der Kinder auf der Gasse anschlossen, das weiß ich nicht mehr. Aber schließlich vergaßen wir und wurden wieder wie die andern.

Und wir kehrten so friedlich erquickt nach Hause zurück, dass es eine Freude gewesen sein muss.

Kein Hauch erinnerte an das Geschehene. Alles war wieder wie immer, und jedes saß wieder an seinem Platze.

Aber, o Staunen, lautloses Staunen: Da wurde nicht die Suppe oder das Gemüse und auch nicht ein Stück Brot für jedes aufgetragen, sondern nur drei Teller voll Erdbeeren kamen auf den Tisch. Wir kannten sie, wir kannten sie sehr. Und jedes aß, vornübergebeugt, ungeheuer betan. Keines schaute dem andern auf die Hände noch ins Gesicht. Aber auch die Mutter sprach kein Wort und aß nur mit uns ihren Anteil zu Ende. Kein Vorwurf, kein scharfes: »Seid ihr nun satt!«, das wir sehr verdient hatten; kein: »Aber und wenn …«

Der Raum duftete nun, als sei hier wirklich ein Garten aufgetan … Unsere Hände waren rot, denn auch keine Löffel waren aufgedeckt worden, und es hatte keines das freche Behagen, sie zu holen.

Es war aber auch keine Gerichtsbarkeit mehr verborgen und wartete wo. Alles schien ausgeglichen mit dem Mahle. Die Nacht war da und war wie ein großes, sanftes Feld von Stiefmütterchen. Man ging darin schlafen, müde ohne zu sinnen.

Und Mutter war Mutter und Kinder blieben Kinder, milde verschont.

Der Luftballon

Der Tag war ganz hell, an dem der Luftballon auffliegen sollte. Wenn man seine Arme gleichsam nach ihm auflangte, sah es gar nicht töricht aus; manchmal ist die ganze Welt wie auf bemaltem Porzellan, sogar bis auf die gefährlichen Risse.

Das Grün war schon ganz sichtbar an allen Bäumen und Sträuchern, aber erst immer die äußersten Ruten, wie mit einer grünen Hand darübergefahren. Und Ostern war nicht mehr ferne, man konnte schon solche Gedanken haben.

Es musste ein ganz sonniger Tag sein und ein ganz windstiller, sollte der Ballon aufsteigen können. Ich weiß nicht, ob die Leute so viel Wert darauf legten, die großen Leute mit ihren Kindern und ihrem Hausgesinde. Aber unsere Mutter hielt schon viel darauf; sie meinte, man sollte mitkönnen. Denkt einmal, mit der gefangenen Luft höher als alle Berge steigen, wo der Enzian blüht, über das Edelweiß hin. Mein Gott!, gefährlich war es schon. Es war vielleicht sogar freventlich, meinte sie nachdenklich. Und es schien mit einem Male dunkel auf der Erde zu sein. Gefährlich war es schon … Vielleicht blieb der Ballon über dem Meere stehen, immerzu, immer, bis man vor

Traurigkeit erstarb und herabfiel, allein, wie ein kleines Tuch, und der Ballon stand noch immer am Himmel … Kinder glauben gewiss, dass man über den Tod hinaus alles sehen könne. Sie haben einen Raum in sich, der ist nicht nur wie auf Papier aufgezogen. Wenn man die Liebe behielte, die man damals so lebendig in sich gefühlt, man wäre längst der reinste Zauberkünstler. Man lernte es: nie zu sterben. Noch von dem Weiher des Todes herüber erklänge der Ton, und wenn einer heranginge und darüber blickte, wären lauter Wasserrosen aufgeblüht. So dachte man an den Ballon. Man dachte mit seinem Sonntagskleide daran und mit seinen Armen und mit seinem Gesicht.

Die Stimmen erinnerten einen daran, ja, die ganze große Sonntagswelt. Auf dem Wege strömten die Leute zur Kirche. Ein Knabe, klein wie wir, trommelte vor dem Häuschen des Wagmeisters und schrie und stampfte, dass ihm die Knie an das Fell der Trommel stießen. Es war eine schreckliche Arbeit. Der ging nicht auf den Sportplatz, um den Luftballon zu sehen. Er hatte ja selber eine solche Riesentrommel. Er trommelte für seine Straße, für seinen Vater, ja für alle, die nicht fern in der Sonne blitzten. Sein Vater aber saß am Fenster. Er sah uns, und wir sahen ihn, und er sah sein Kind, und wir sahen den Knaben. Und wir hörten ihn auch. Der Wagmeister aber lebte hinter tauben Fenstern. Die Welt ist ein großer Spiegel, plötzlich ist einer dem andern unabwendbar vors Gesicht gehalten. »Dieser Mann«, sagte die Mutter, »ist immer drinnen in seinem Häuschen.« Wäre man plötzlich in den Holzpfahl verwandelt worden vor der großen Wage, den Pfahl, an dem die Rosse angebunden wurden, man wäre nicht ärger erschrocken. »Immer« also, dieses Wort hat schon manchen zum Globetrotter gemacht. Wir fühlten's an dem Schrecken, den es uns einflößte. Ach, man hat tausenderlei Maße, sein Schicksal zu messen. Und das zwar gerecht. Dafür ist schon gesorgt. Wir wollen selber immer wissen, woher der Schritt und wohin. Und auch der lustigste Katzensprung hinterlässt seine Spur.

Da rief ein Vogel plötzlich hinein in die Gedanken und zerstreute sie wieder. Wir zogen weiter. Unsere Kleider fingen an, wie brennend zu sein, von der Mittagswärme. Und doch waren sie noch zu früh. Aber die Mittagsstunden, die vielen sonnigen, sind allemal wie zu einer einzigen Stunde geworden, und ein Knabe könnte hemdärmelig im Winter durch seinen Garten gehen. So ist's. Man kann allerhand wagen; wie einen Brennspiegel hält man die Sinne über sich. Und nahe an Ostern … Man meinte schon, mehr Blumen gesehen zu haben als in allen früheren Jahren. Leberblümchen und Gänseblümchen und Schneeglöckchen und Veilchen, lauter kurzstielige Pflänzchen. Blümchen, die niemals so hoch wie die übrige Wiese wurden, in der sie jetzt allein standen und zuerst. Wir mussten wieder an den Luftballon denken und eilten. Wir waren der Flugwiese nahe. Aber immer weniger Menschen gingen, und keine begegneten uns; als ob es gar keine gäbe, wo wir hingingen. Wir waren etwas betroffen. Man hat das nicht gerne.

Man meinte, man würde nie ein Gasthaus sehen, mit den Wimpeln von ferne winkend, vom Berge herab, das nicht vollgestopft wäre von Buntem, von lauter Menschen, die man noch nicht erkannte.

»Nun sind wir da«, sagte man aufatmend. Und immer noch mehr sagten das. Wir wussten nicht, dass es Gasthäuser gäbe, die leer waren und die alle Tage ihre Fahne gehisst ließen, bei Regen und bei Nacht und bis in den Herbst hinein, wo sie bei den ersten Schneeflocken verblasste und erstarrt herabgenommen wurde. Aber wir fürchteten schon etwas davon, ohne es noch erlebt zu haben. Die Sonntagsblume, die Gesichter, die da wallen sollten, waren auch von ferne nicht zu sehen. Nur die in alle Weiten ausgedehnte Sportswiese stand urplötzlich zwischen zwei Häusern vor unserm Blicke. Und klein gegen den unerreichbaren Himmel auf dieser Wiese sah man den Luftballon mit Tauen an die Erde gebunden. Und um den Luftballon stand eine Rotte jener Kinder, die über den Sommer gleichsam auf der Wiese wohnen und vom Zuschauen leben. Frauen, die es reute, diesen endlosen Weg gegangen zu sein, warteten, die Gebetbücher in den ungeduldigen Händen hinter diesen Kindern. Und hinter ihnen ein Mann, der sich so auf dem Absatz drehte, als könnte er das alles viel besser. Und außer ihm noch ein Familienvater, ein Handwerksmann, alles das sah man ihm an, wie nicht blühen wollende Nelken, unter die Sonne des niedrigen Fensters gestellt. Er sah: Vielleicht kaufte er seinen Kindern auch einmal einen Luftballon; ei-

das Geben. Vielleicht besteht sie anderswo noch in Geduld, vielleicht liegt sie in der Not selber, die uns noch nicht gefasst hat und verwandelt hat. Das ist eine schwertscharfe Wissenschaft, diese Not, wir wollen sie nicht länger behandeln. Ich glaube nicht, dass der Großmutter die fünfzig Rappen gering schienen, obwohl sie mit ihrem grauen Alltagsblick nichts sagte. Manchmal müsste man eben die vielen Menschen sein, die nicht gekommen sind und nicht gezahlt haben. Auch sie wussten. Da hatte eine dürftige Anzeige im Tageblatt gestanden, etwa: »Bei schönem Wetter steigt am Sonntag, an seinem Luftballon hängend, ein Akrobat auf. Gäste herzlich gebeten.« Datum, Ort und Stunde.

Und nun bewegte sich langsam die Kugel. Man sah, seine Kinder banden die Taue los. Und der Mann selber noch, wie der leere Platz, auf dem eiligst einige Landwege zusammenlaufen, rückte seinen ledernen Gurt zurecht, an dem er sich, man weiß es nicht, vielleicht in der Müdigkeit, an die Schaukelstange anband, später in der freien Luft. Er fühlte noch einmal, ob er fest säße, dieser Gurt, warf eine Kusshand herab, wie einen Halbmond am Tageshimmel, schwang sich schon in Kopfeshöhe auf die Schaukelstange und wuchs immer weiter in den Himmel hinein. Mit den gewagtesten Schwingungen trieb er Pracht. Einmal sahen wir ihn außerhalb seiner Stange, mit in die Höhe gesteiften Beinen, nur mit der linken Hand sich haltend. Wir schauten. Die Hände (fühlten wir) hielten wir um etwas, was nicht war. Wir wollten ihm wohl beistehen, denn dort oben in der Luft ... Der Akrobat unter dem Luftballon ... Wie fern mochte er in dem Augenblick wohl schon sein ... Wie lang dauerte ihm vielleicht eine Stunde ... Der Tag war weich und hingebend. Aber wir, wie Eidechsen, schlüpften blinzelnd, eiligst wieder unter unsere Steine zurück.

Weihnachtsvisite

Über dem Erdbeergarten im ersten Stockwerk arbeitete ein Beamter, der früher Setzer gewesen war. Voll Ernst erzählte uns das die Mutter. »Er hatte eben so respektvoll zu seiner Arbeit gestanden, dass man sie bewundern musste, obwohl es dieselben Buchstaben waren und an dieselbe Stelle gesetzt wie bei andern Setzern auch. Wir wollen ihn einmal besuchen während der Weihnachtsferien.« Und das war uns wichtig, und wir nahmen bald darauf feierlich das Briefchen, das uns dort anmelden sollte. Und nicht nur, weil es eine Visite gab, war es uns wichtig. Nein, gerade als einfache, echte Kinder durchschauten wir in unserm Gemüt den Sinn, den dieser Einblick uns versprach mit der Klarheit und Treue, die darin verborgen lag.

Schon, dass der Mann auf einer andern Seite des Hügels wohnte, dass er den Mut besaß, zu einem eigenen Atem, zwischen Neuerstandenem und immer noch sich Verwandelndem, das erstaunte uns und gab uns eine geradere, aufmerksamere Haltung, als wir in sein Haus traten.

Er begrüßte uns selbst. Er kam uns genau so fest und rasch entgegen, wie wir es vorgefühlt hatten. Die

Frau kam. Die Kinder standen noch wartend in den Türen des geräumigen Korridors, bis sie gerufen wurden. »Das ist unser Haus«, sagten sie ganz zierlich, »und das hier ist Gretchen.« Es wurden unsere Mäntel abgenommen. Und dann kam der kleine feierliche Gang zur Weihnachtsstube. Aber was war das auch für eine Stube! Wir wären wieder zurückgetreten, wären wir allein gewesen. Es sang ein Vogel darin, so geheim und glitzernd, als säße er frei in den Ästen. Und die Minuten rannen, obgleich mit uns etwas Fremdes, Beschauendes in den Raum kam, reif und klar weiter und netzten, was nicht vergessen sein sollte und abgedorrt wäre. Und die Feierlichkeit begann auch da, unbeirrt wo sie sonst immer begann, an dem kleinen Nähtisch, wie in Person, ganz bescheiden und unscheinbar. Sie verband da, weil Sonntag war und es keine Arbeit gab, hundert und aberhundert Sonnenringe miteinander und löste sie wieder. Dann aber kam der Tisch daran und hielt um seinen Duft an. Die Honigkuchen und Zimtsterne, die vielen Arten von Butterplätzchen waren sämtlich bereit, sich füreinander auszutauschen und ganz und gar verschenken zu lassen, wenn es schicklich wäre. Einstweilen nahmen sie noch zu an Milde und Knusprigkeit und glaubten, das käme allein von dem Weihnachtsbaum her. Der aber auch hatte sein Rund behalten, das von der Sonne selber ausgemessene, und war ganz Wald- und ganz Weihnachtsbaum. Doch weiß ich nicht mehr, womit er geschmückt war. Er hat mir nur gefallen. Ich weiß auch nichts mehr von den

Gaben, die auf der weiß- und blau gestickten Decke lagen. Aber sie mögen von großer Sorgfalt gewesen sein, von der Sorgfalt der dreihundertfünfundsechzig Tage des Jahres. Als man sich sattsam getan an Schauen und Verkosten, begann ein kleines Weihnachtslied, wie ein in Moos gestelltes Krippchen. Und mit solcher Freude sangen die beiden Kinder der himmlischen Botschaft, in der Stimme ihrer Eltern, das Lied, dass man bald horchen, bald lächeln musste. Es waren auch Geschenke, diese von den Kindern ineinander verschlungenen Weisen, und man las sie aus ihrem Munde, wie eine sich aufschwingende Verkündigung.

Dann bat man uns in den Wohnraum; da fiel mir eine Puppenwiege auf. Aber der Knabe hatte einen Atlas ausgebreitet, da konnte man die ganze Welt sehen; wie plötzlich das Land seine Zunge ins Meer streckte. Der Knabe schweifte mit einem frohen Blick da hinein. Verständnis ist Liebe. Es verdankt sich nichts selber, obgleich es selber so ganz in Person gegenwärtig ist; es reiht organisch nur an und an. Und was es auch beginnt und vollendet, in allem ist es leiblich und geistig aufgenommen. Da stößt man nicht an spitze Vorsprünge eines Wesens. Darum war auch der Atlas wirklich ein Geschenk. Aber er wurde zusammengefaltet und weggelegt. Die Tassen kamen und die hohe Kaffeekanne und die kristallene Zuckerdose, und noch einmal auf andere Weise Weihnachten. Der »Niedl«, wie sie die Schlagsahne nannten, war recht verlockend, aber doch offiziell feierlich. Wer hätte nicht gerne die guten Gaben einmal im Jahre zu Gaste gebeten, auf blumigem Damast! Und mit solchem Anstand, mit einem so gesitteten Abstand, dass das silberne Löffelchen gleichsam eine kleine Verneigung bekam, ehe man es zum Genüsse anhob. Und das Gespräch darüber hin, überzeugt von der Gutheit, der Gediegenheit alles Mittelbaren und der Gegebenheit der Person selber. Das war dieselbe Ehrfurcht, wie über dem Setzertische. Das konnte ein Kind verstehen. Klar war es wie Wasser, schmiegsam und ohne fremden Beigeschmack, aber auch hart und stetig wie das Wasser, das die noch härteren Steine feilt. Wohl hatte ein Kind selten eine Frage einzuschalten, aber das Ohr war in gesprächiger Teilnahme.

Schließlich erhob man sich und betrachtete den blühenden Barbarazweig am Fenster. Es war so recht nach Winterart, diese winzigen rosa Blüten mit den spitzen Seitenblättchen treibend zu machen. Und die Hyazinthen, die mit ihren weißen Wurzeln wie mit Flammen ins Wasser schossen. Fern waren sie wegen ihres starken Duftes gestellt worden. Aber noch ferner zogen sie selbst. All ihre Hyazinthenluft drang durch die Fensterritzen und Spalten hinaus. Man war ganz betroffen. Es blieb nur die Blume. Es war aber auch draußen ein Abend nach Blumenart, und allmählich hatte das Zimmer selbst eine völlig ferne Richtung bekommen. Noch nicht lange her, war es doch in der Mitte gewesen bei dem »Niedl« und bei der Torte ... Man sah ganz befremdet zurück. Gedecke waren nicht mehr darauf. Eine brave kleine

Jardiniere stand auf dem Tisch. Eine Tür öffnete sich leise, und die Gesangstimme des Knaben sagte einladend: »Vater, die Laterna magica ist bereit.« Oh, für Kinder, alles war hier für Kinder. Wir sprangen herzu und setzten dankbar uns bereit in dem geräumigen Hausflur. Das hatten wir ihm doch nicht angesehen, als wir eingetreten waren. »Kinder, ferner müsst ihr noch rücken«, sagte der Mann und hob sein Gretchen mitsamt dem Stuhl in den noch dunkleren Hintergrund. Und dann begann das Geräusch der langsam sich schiebenden Glasplatten. Und wir waren innen im Sinn der Bilder und der Farben. Unsere eigenen Bewegungen wurden stoßweise eckig und kühn oder furchtsam sich zurückziehend. Das Rot war da wie in der heißesten Sonne gehend, an der Hand der Mutter, mit geschlossenen Augen. Rot war auch die fernste, äußerste Kälte: Der Mond ward da zur Sonne. Die Sonne selber aber hatte keine Macht mehr. Blau war das Wasser. Und gelb seit allen Zeiten her der tausendfache Löwenzahn. Er war das Wappen dieser Farbe. Ein Mühlrad fing sich zu bewegen an. Ein Hammer schlug auf seinen Amboss. Jahreszeiten kamen wie aus den Büchern hervor mit Elfen und mit Zwergen. Ein Sommer türmte sich auf wankenden Wagen zurück, auf den konnte man viel Vertrauen haben. Ein Winter war da. Die Kinder fuhren auf Schlitten in das Weiß der Leinwand hinein und verschwanden. Es war merkwürdig, beinahe zum Bangen.

Es hatte nicht länger gedauert als einem Sonntagsgast im Stadtpark, unten, sein Gläschen Likör, und einem Abstinenzler in dem großen Turnsaal seine treuherzige Predigt. Wir standen auf, um vieles bereichert und um etwas verkürzt, wie immer, wenn etwas so plötzlich zu Ende ist. Es war eben eine ganz neue Laterna magica. Möglich war auch, dass man, mit seinen Sinnen beschäftigt, gar nicht alles hatte behalten können. Und da wir so an den Ausgang des schönen Nachmittages gelangt waren, gab sich von selber das Auseinandergehen. Zwei »Rosinenfrauen« wurden noch aus dem Weihnachtszimmer gebracht und sollten mit auf den Heimweg gehen. Und die Mäntel wurden herbeigeholt und sorgfältig umgelegt wie den eigenen Kindern. Man nahm Abschied von allen und von jedem, beinah ein wenig wehmütig. Dann schloss sich die Türe. Dann war man auf der Treppe, dann im Schnee auf der Straße. Eine Strecke weit noch kamen die vier Gesichter mit…

Wie hat uns doch die Freude ausgestattet, hat uns Gehör, Gesicht, Geschmack verliehen, wahrlich, einfache Dinge, simples, pures Leben, einen Weg gehend, den es ohnedies gehen muss. Und doch ist es wie ein Blütenbaum, oder wie überschneite Winterzweige, oder wie die nackten Konturen des Spätherbstes. Es macht mit uns, was es will, wahrlich vielerlei …

Nacherzählt

Die Morgensonne schien auf die Blumen. In der tauigen Luft fiederte sich wohlig ein Vögelein. Drinnen in der Stube spiegelte es sich wie goldenes Wasser.

Der Blumenstrauß stand hochherzig auf dem Tische. Der Boden, wunderlich eingelegt, die Stühle mit ihrem reinatmigen Muster, die kleinen Erinnerungen sogar im Glaskasten hatten die Innigkeit eines arbeitsamen Sinnes an sich gezogen und glänzten von innen heraus.

Einmal kam ein junges Mädchen herein und schaute. »Wie schön ist's wenn eine Stube so still ist, dass man nur an ihrer Schwelle stehen muss, um auszuruhen«, dachte es und ging wieder an ihre Arbeit.

Draußen auf dem Kies trabte es langsam. Eine gleichmäßige alte Stimme rief die Hühner zusammen. Da flogen die Tauben ans Fensterbrett; ein Truthahn gab rollende Töne von sich. Man hörte das Picken, das Fallen der Körner, ja, man wusste von der irdenen Schüssel, ohne sie gesehen zu haben.

Alles sah aus: freudig, noch begierig im Werden begriffen. Auch die blinde Greisin, die draußen die Hühner lockte und fütterte, schien nicht ausgeschlossen.

Sie wusste vom Gebirge. Die Wege lagen unter ihren Füßen noch hier in der neuen Heimat. Sie sang zuweilen Psalmen, oder sie nannte seltene Steine, oder sie ging mit ihrem Stock rings ums Haus. Heute hatte sie dazu noch Früchte ausgehülst, zahllose, und die Tafel selbsteigen gedeckt im Garten.

Und immer brachte das junge Mädchen noch Porzellan oder einen Bund silbernen Bestecks. Sogar die Gläser setzte die alte Frau genau an ihren Platz.

Schließlich ging auch sie. Es fehlte nichts mehr. Man konnte nun die Freude über sich ergehen lassen. Eine Stunde war Stille. Es schien, als sei überhaupt niemand im Hause. Und die Magd stand oben in der Dachkammer vor ihrem winzigen Spiegelchen und probierte die neusteife Schürze von Weihnachten her. Dann ordnete sie noch schnell die Kommode, die in solchen Keisterchen den Tisch ersetzen muss, rückte den Stuhl zurecht und öffnete wieder das Fenster. Man konnte ja nicht wissen … Und auch dieser Raum ward wieder allein gelassen. Und ungefähr um dieselbe Zeit traten auch die andern aus den Türen, wohlgehabt mit Blendenhauben oder ihrem feingebügelten Sommerkleid, in Grau, in Schwarz, in Elfenbeinfarben. Nur, wenn man erwartet, dass frohe Menschen auch frohe Gesichter haben, so irrt man sich. Die Gesichter sind so feierlich stumm, dass man sie beinah für traurig halten könnte. Sie haben die erwartend-sinnige Haltung dessen, der alles getan hat und nun bereit ist für das Kommende.

Ganz rein war freilich das Gewissen des Hauses

trotzdem nicht. Wohl stand es nun da, innen und außen glänzend gerieben wie ein Kelchglas. Es war auch eine schneeige Gans gerupft worden, und alle Küchenpoesie verwandelte schließlich die jungen Schoten und andere Erstlingsfrüchte mit ihr zu einer Pastete, die die Gäste lüstern machen musste. Es sollte ja nur nach einem kleinen, vorübergehenden Herrenfrühstück aussehen, aber es sollte doch kostbarer als irgendein Mittagsmahl munden. Es sollte alles in einer Stunde verschwunden sein, zu dessen Aufbau man einen Tag gebraucht hatte. Denn was schon sauber war, unschuldig sauber alle Tage, ward nochmals hervorgenommen, wie verstaubt und verrostet: dass schließlich Messing nach Feuer aussah und Silber wie das Unfassbare des Glases. Und zum Schluss? Ja, der Schluss einer solchen Frühstückstafel gehört in Wirklichkeit zu den dauerndsten Erinnerungen; der Mensch weiß sie zu schätzen, mehr als wir glauben.

Wir dürfen nichts daraus schließen, dass der eine etwas verlorene Gesichtszüge hat und ein anderer ausgesprochen harte, dass der dritte schon an seiner plumpen Gangart erkennbar scheint; der vierte an seiner Stimme, die höher ist als alles, was sich mit ihr vergleicht, und die doch wie einer Grille Stimme aus dem Boden zu kommen scheint. Wir dürfen nicht daraufgehen und sagen: »Für den möchte ich mich aber nicht so lange abmühen. Und für jenen noch weniger.« Alle sind es im Grunde wert, dass man sich unendlich viel Mühe gibt, wir selber sind es wert zugleich mit ihnen. Auch dass die Dinge selber einmal zu ihrer irdischen Klarheit kommen … Wie der Klang einer Glocke sich nach dem Stundenschlag zu sehnen scheint, so jedes Haus nach seiner feierlichen Stunde.

Aber es wartete eine kleine boshafte Schadenfreude im Verborgenen. Sie spiegelte sich schon in allen Größen und Verkleinerungen, in den Gartenkugeln. Und wenn man sich umwandte, um sie in Wirklichkeit zu finden, so lachte sie und sagte immer wieder: »Ich bin nicht da …«

»Gewiss«, sprach die ehrwürdige, allzu strenge Matrone, die nun bereits, nur etwas abseits von der Tafel, aber doch schon ihr zugewandt saß, »der Gugelhupf, den ihr habt backen wollen, hätte keinen Sinn und keinen Platz gehabt. Bloß weil wir auf dem Lande leben, soll dieses bäuerliche Gebäck mit auf dem Tische stehen …, das sieht ein Blinder, dass das keinen Sinn hat.« Der Satz bekam einen enormen Ernst, man schwieg darauf, obwohl man hätte etwas erwidern müssen. Die puritanische Heiterkeit dieser Bergnatur, die mit Kräutern und Steinen die Sinne erhielt, war auch in Wirklichkeit ohne Widerspruch.

Man konnte nichts erfinden in ihrer Nähe. Man konnte vor allem nichts Überflüssiges, Törichtes vor ihr verteidigen. Und was noch schlimmer war, aber glücklicherweise nur selten geschah: Man berief sich dann im Stillen auf ihre Blindheit und tat ungesehen, was einen gelüstete.

Aber das merkte sie, wenn ein Fremder mehr am Tische saß, einer, der noch nicht einmal gesprochen und sich noch kaum gerührt hatte. Sie merkte es, ohne es ihn fühlen zu lassen. Sie wusste, es musste schwierig sein, so ausführlich sich zu unterhalten. Und sie merkte es auch, wenn man nur mit den Sinnen an etwas anderm hing. Und ihrem geraden Wesen nach war sie wie ein kleiner Brennspiegel. Indem er ausharrend auf Dinge und Menschen gerichtet war, fingen diese zu brennen an in gepeinigter Ehrlichkeit.

Es half nichts, dass die Gäste kamen; dass man ermaß, wie unbegrenzt die Herzlichkeit ist, die aufmerksame Freude, die man füreinander empfindet in solchen Augenblicken, dass man nur daran leidet, dass man sich nie genugtun kann. Es half nichts, dass man in diesem Augenblick wirklich sehend sein durfte; dass jeder sein eigenes Ebenmaß besaß und einer das vom andern fühlte: die Augen suchten dennoch in der Stille kleinlich nach etwas anderm. Wenn sie nun noch gerne zum letzten Schlückchen Wein ein Stück Kuchen gehabt hätten, was hätte denn daran gelegen. Man hatte aber den Gugelhupf nicht backen dürfen, die alte Frau hatte es nicht geduldet. Aber indessen beruhigte es einen doch auch wieder, gewahr zu werden, dass wirklich niemand an mehr dachte als an das, was eben da war. Sie nickten herüber und hinüber, stachen tief in die Pastete und meinten, ringsum in den Garten schauend, dies sei der schönste Platz auf Erden! Die Hausfrau war verschwunden, die Platten von der Magd und dem jungen Mädchen zurück ins Haus getragen, und neben dem Glas lag hier und dort ein weißer Wecken.

Einer von den Herren, er hatte den grauen Zylinder schwankend über alle gestellt, stand auf. Etwas gebückt fing er zu reden an; wie ein Knabe langsam die Schnur zurückzieht und aufwickelt, um den Drachen aus dem Himmel zu holen. »Mein Gott«, sagte er, »ich fühle, dass es schön auf der Welt ist, und dass die Schönheit nicht nur außen ist, sondern auch aus dem Herzen kommt. Tun wir einen guten Schluck auf das Wohl der rüstigen alten Mutter und auf das Wohl der Hausfrau, meine Herren.« Die Hausfrau mit gerötetem Gesicht stand bereits an der Türe. Sie hatte einen Gugelhupf auf steifem Tortenpapier auf einer großen Platte auf den Händen. Sie war gleichsam gebunden, sie konnte nicht das Glas erheben, um mit einem kleinen, befriedigenden Schluck zu danken. Sie gab aber statt dessen eine kleine frohe schwenkende Bewegung ihrem Gugelhupf und schnitt ihn schließlich, an den Tisch gelangt, statt aller Worte an.

Aber da kam sie nun, wie ein kleiner, gewundener Drache: die Lüge, aus dem Kuchen hervorgekrochen. Er war ja vom Bäcker im letzten Augenblick gekauft worden, und sah von außen jedem andern Gugelhupf in der Welt gleich. Man konnte das Staunen über ihn ganz stumm, wie sie getan, mit einkassieren; freilich die Freimütigkeit der Wahrheit nicht, die ihr eigentlicher Kern ist.

Aber gerade ein treuherziger Mensch möchte auch einmal so etwas wie eine elegante Lüge von draußen fertigbringen. Und wenn sie noch dazu nicht ausgesprochen ist ... Aber der Kuchen sprach, er war zitronengelb innen, durch und durch.

Das Messer blieb in ihm stecken, es wusste nicht mehr aus noch ein. Und nun wollte man doch auch nicht widerrufen, dass er vom Bäcker kam. Das war durchaus kein Lob für eine Hausmutter auf dem Lande.

Da stand sie nun und ließ sich nicht einmal das erbärmliche Safrangebäck von der Hausmagd aus den Händen nehmen. Nein, es schien, als teilte sie es recht eigentlich aus, recht angelegentlich an jeden ihrer Gäste, bis schließlich das letzte Bröselchen unter feinem Lächeln der Matrone verschwand.

Der Springbrunnen plätscherte und machte sein königliches Spiel mit dem goldenen Bällchen. Ein Vogel ließ sein Lied ein in die Luft, dass alle hinblickten und sich befassten mit dem Wortlaut dieser Sprache.

Da aber war auch schon wieder beinahe die Zeit um, die gute Stunde. Es kam mit einem Körbchen am Arm das junge Mädchen an den Tisch zurück und brachte jedem der Gäste eine Rose oder Knospe, wie es sie gab in dem Garten. Ihr Lächeln war wie der Duft verborgen. Und jeder nahm die Blume nach seiner eigenen Art und nach der Weise der Blume auf den Hut, ins Knopfloch oder am äußersten Rand des Stiels, als etwas sehr Verwelkliches. Und alle, jung und alt, in ihrem Schmucke beglückt und beschämt gleicherweise, gingen, plauderisch vom Weine, an die Station zurück.

Der Bucklige

Die Stube war wieder einmal allein. Eine alte Magd ging nur hindurch und schloss die Fenster. Man hatte nun die Wahl, sich irgendeine Jahreszeit zu denken von März an bis September. Es war ein rosa Regenlicht. Die Straßen mussten feucht sein. Die Dächer waren es wenigstens. Der Himmel legte sich an sie wie die Tauben, die darüber hinspazierten und ihre geschwungene Brust gleichsam vor sich hertrugen. Sie wirkten beinah wie in der Stube seiend.

Doch waren da vor allem die Vogelbauer, in der Heimstatt eines Buckligen wohl nichts Seltenes, die an die Fensterwände angebracht waren in eine Höhe, dass man sie, bei der Arbeit hockend, gerade noch beschauen konnte. Ihre Insassen aber beide, jeder in seinem Käfig, waren mit einem grünen Tüchlein überdeckt. Sie sangen, wechselweise und gemeinsam. Es waren Dompfaffen, die, wie alljährlich in der Mauser, ihre Lieder verlernt hatten. Und der Zweck des Einhüllens mochte sein, sie fern von allen Frühlingsgedanken wiederum den eingeübten Melodien zuzuführen. Ihnen war die Zunge gelöst worden, und der eine von ihnen sang, als habe sich ein Brünnlein besonnen und wolle nun die Lieder singen, die man gemeiniglich seinem fließenden Notenband nur unterlegte. Da kam es nun hervor, als habe das Lied des Liedes selber sich besonnen. Dann schwieg eine Weile alles, und man mutmaßte nur, dass der Sänger sich an einem Salatbüschlein guttat und sein Nachbar sein befiedertes Haupt in ein Wasserbad steckte; denn es will nun einmal gemeinsame Freude sein auf Erden. Und die Stube zitterte und schwankte ein wenig, so allein, empfindlich wie ein junges Mädchen …

Spiegel war keiner in der Stube; – doch, ja, an der Tür, an einem etwas schattigen Platze; und man gewahrte ein Christuskind unter einem Glassturz in ihm. Da begann wieder das Liedersingen wie die Kirchenstimme eines kindhaften Mädchens. Gott, was war das für eine Stube. Wie sich die Sonne auch in ihr reifte. Das Sofa hatte seinen Blumengarten aufgemacht. Eine Ordnung war auch, die an einen Vorfrühling erinnerte. Aber es gibt Menschen, die sind immer so. Immer horchen sie auf die erste Jahreszeit ihrer Seele. Aber diese Sentimentalität ihnen zu nehmen, wäre sehr unrecht. Es ist die reine Melodie ihres Herzens, es ist ihre lautere Wahrheit. Dagegen fällt alles Predigen ab, sie wissen im Grunde mehr als wir. Vor allem haben sie Heimat. Was da war, atmete wie der hundertjährige Efeu eines Gartens. Mochte es nun sentimental sein, es war doch auch ehrwürdig. Kann man diese Scheidung überhaupt machen, ohne recht herzlos dabei umzugehen? Vermag man sich überhaupt in die Wissenschaft eines völlig ungelehrten Menschen zu versetzen? Wie er sich aus den ererbten Sitten und den selbstentdeckten Gesetzen die Welt auferbaut hat … Es war aber trotz aller etwas verfänglich scheinenden Eingesponnenheit auch eine Nüchternheit da. Es war Ordnung da, wie schon gesagt. Und auch Sauberkeit war da, die natürliche Folge derselben. Da war ein altes Schreibpult, dem man das Rechnen ansah. Und außerdem blieb noch eine Ecke, die einer Werkstatt glich. Es hingen da Geigen, Engelsgeigen, die nie ein Finger berührt hatte, vielleicht mehr als kostbare Instrumente; es hingen da unvollendete Geigen, Geigenhälse mit Griffbrettern und Geigen ohne Rückseite. Man sah in das Mysterium der Geigen. Wie das Lied eines Traumes erklang es von der Wand herab. Man sah es nicht nur, man fühlte es: man war in der Werkstätte eines Geigenbauers.

Da hob eine Uhr, deren sammetweiches Geticke ungehört geblieben war, melodisch an zu schlagen, dreimal. Und als habe der Vogel aus ihr sein Lied wiedergefunden, oder als sei gar kein Vogel da, und es spiele nur eine altertümliche Uhr ein Lied vor zu ihrer vollendeten Stunde, war die Stube wieder im Sang, im Sang eines mädchenhaft geduldigen Volksliedes.

Und nun entwickelten sich auch die Gerüche. Es roch nach Holz vor allem. Die Geigen rochen nach dem abgeklärten Holz der Bäume. Ob eine Birke dabei war, dem Baume, aus dem heilsames Wasser fließt, wenn man ihm eine Röhre einlegt? Ich wusste es nicht, ich zweifelte beinah daran, ich verstehe nichts vom Geigenbau. Ich hatte nur gerne gedacht, wie diese Birke ein so melodischer Baum sei …

Also auch hier, in dieser beinah kindlich frommen Welt des Handwerkers zwang man das Große in das greifbar Kleine, und wiederum das Kleine in das unfassbar Große, denn so waren Bäume zu Geigen geworden, und Geigen zu Bäumen.

Eine einzige Fotografie hing über der kleinen Hobelbank, ein Kinderbildnis. Der kleine Bucklige neben seiner Mutter stehend. Die Mutter saß da, wie jemand, der aus Stolz etwas tun will und doch vor Scham dabei erstirbt. Und der Sohn, das Kind? Oh, wir brauchen es nicht zu schildern. Da es eine Mutter hatte, war es geborgen. Es legte die Hand auf ihre Achsel und hatte den einen Fuß vorgestellt, (es trug eine lange Hose). Es war wohl ein Kommunionandenken, dieses Bildchen. Und auf der anderen Seite der Stube, über dem Jesuskind im Glassturz, war noch ein Gekreuzigter angebracht. Sein Brustkorb drückte sich heraus, und die Arme, vom Kreuz abstehend, ließen die Schulterblätter so sichtbar werden, als sei er ebenfalls ein Buckliger gewesen, dieser menschgewordene Gott. Wer mochte dieses Kruzifix so zufällig hergebracht haben? Und an diese Stelle? Es spiegelte sich nämlich in dem perlmutterschimmernden Glassturz so jäh, als sprenge es ihn in tausend Scherben und zerstöre dann das zarte, wohlgebildete Jesulein, das wächserne. Es war wirklich bedenklich. Man kam sogar auf den Gedanken, ob der Nagel auch festsitze in der Wand.

Und alles dieses, mochte der Sohn auch inzwischen verwaist sein, war Heimat, sichere Heimat dieses einen Menschen. Die Magd, die mich als Wartende immer allein gelassen hatte (der Geigenbauer wollte in einer halben Stunde wiederkommen), kam herein und redete mit mir. Zwar mürrisch und belanglos, aber doch kam dabei für mich das Wesentliche heraus: das, was vielleicht in einem der Schubfächer lag, geschrieben oder im Bilde, und was ich nie unerlaubt angesehen hätte.

Ob ich auch in den Zirkus ginge, fragte sie. Dieser Zirkus, der gleichsam mit seinem Interesse die Stadt überspannte. Man hörte die Löwen brüllen seither, und Elefanten gingen auf der Straße, beinah allein, am hellen Tage.

Ich war überzeugt, dass diese Tiere nicht der kleinsten Kreatur etwas zuleide täten, wie viel weniger uns Menschen. Aber die mürrische Magd konnte das nicht glauben … Wenn man nun einmal schon so groß ist und solche Pratzen und solche Zähne hat. Sie sah mich geringschätzig an … Der Standpunkt eines Dienenden war da irgendwo verrückt worden, indem ich die Gesinnungsweise eines solchen Tieres herabsetzte – denn das glaubte sie, dass ich getan hätte. »Ich gehe nicht in den Zirkus«, sagte sie gleich noch zur Erläuterung. Weiß Gott, was alles noch in dem Gespräch lag. »Ich nicht, aber der Herr, der Jakob.« Aber nun war sie mit einem Male still. Denn alles lag zugleich doch so an der Oberfläche, dass auch ihr Schweigen sprach, ihr unbeholfenes.

Ein Leben lang mit einem Menschen gelebt, ist eben alles. Sie hatte diesen Knaben, diesen buckligen, bresthaften, am ersten Tag in der Hand gehabt; und dann war er nur gewachsen, hatte reden gelernt und gehen, schreiben und lesen, und dieses Handwerk da, und war schließlich ihr Herr geworden. Besonders seit seine Mutter gestorben war. Seither redete er direkt zu ihr, anordnend (kindhaft wünschend hatte er es von jeher getan). Er wollte es so oder so haben, um diese oder jene Zeit. Sie war die Dienerin, im Geheimen aber auch gleichsam seine Mutter geworden. Sie ahmte unbewusst den Ton nach und die Denkungsweise der verstorbenen eigentlichen Mutter. Und in einem gewissen Abstand auch ihre Kleidung. Die Fotografie bewies das ohne Weiteres. Und das alles war nicht, um Herrin zu sein, sondern um Dienerin zu bleiben. Mir gefiel sie, je länger ich da wartete neben ihr, je besser. Ich spürte die saubere Atmosphäre ihrer Küche und Kammer. Zu der konnte Gott jederzeit kommen. Sie brauchte nicht einmal ihren Holzkoffer vor ihm noch schnell abzustauben. Sauberkeit, Untergeordnetsein gehörten jedenfalls zu ihrer Religion. Diese beiden Eigenschaften aber auch hatten sie vor einem beschämenden Alter bewahrt. Sie war durch sie in diesem Leben geborgen bis an den Tod. Das hatte ich gemerkt, und sie fühlte, dass ich es gemerkt hatte. Und da ich es früher als sie entdeckt hatte, ja, in einer einzigen Viertelstunde, so war ich ihr auch gemäßer geworden, und sie schaute mich etwas milder an. Ich schaute vor mich hin. Ich suchte einen

Grund, um zu gehen. Ich wollte jetzt mit einem Male nicht mehr den Geigenbauer abwarten, sondern mir lieber auch noch, wie Herr Jakob, zeitig vorher einen Platz im Zirkus sichern.

Ich hörte Kinderschreien, eine Art Zusammenrufen. Ich blickte auf die Straße. Der Elefant ging wirklich vorbei. Als altere die Straße, indem dieser graue Berg hindurchzog, so kam es mir vor. Und wiederum war die Welt nur ein kleines armes Theater, ein winziger Zirkus für dieses riesige Tier. Eine Spannung brachte es in die Stadt, dass man es nicht mehr aushielt in seinen vier Wänden. Und anderen Leuten musste es ebenso ergehen, denn es war ja nun, wie ich hörte und sah, alles auf der Straße. Ich fing ein Karussell-lied auf. Ich hatte eine Art Jahrmarktfieber bekommen. Ich musste hinaus. Ich schaute wieder zu den Geigen empor. Unwillkürlich zeigte ich auf eine unter den vielen, es war meine eigene. Sie hatte sich mir wieder zu erkennen gegeben. Ich lächelte beinah. Ich wollte sie gleich herabnehmen. Die Magd aber, die von allem zu wissen schien, sagte, vielleicht dem Platze nach, an dem sie hing, dass sie noch nicht eingespielt sei. Ja, das wollte ich ihm überlassen, wenn er meinte, dass es nötig sei. Ich ging also. Ich war unten auf der Straße, ehe ich es merkte. Wie fiel mir nun die kleine Wohnstatt dort oben zusammen wie einige Sandsteinbauklötzchen, die ein Kind erschüttert hat. Es brauchte ja nur ein Ereignis zu kommen von dieser Welt her, ein jetzt noch sorgfältig vermiedenes eintreten, und das Leben war vernichtet; das

Leben dieses Buckligen. Ich fühlte es ordentlich, am eignen Leibe. Das Blut begann mir auch schon auf diesem großen Umweg zu kreisen. Und die Dinge nahm ich mit kleinen, heißen Händen, sie befühlend wie Tiere, von denen wir glauben, dass sie keine Augen haben. Wenn nun eine Tänzerin zwischen diese spinnigen Finger kam? Die konnte sich grausen, schon allein in Gedanken.

Denn es war nun einmal nicht Sache dieses Menschen, zu lieben. Der liebe Gott hatte ihm besonders noch saubere, wohnhafte Stuben und eine Magd und eine Mutter gegeben und alle Geigen des Himmels. Da konnte man doch das Verliebtsein lassen. Ich war ganz aufgeregt und ganz gegen ihn eingenommen. Ich fand schon die Vöglein sehr unvorsichtig. Diese eingesperrten Jungmädchenseelen. Ich hätte ihm in diesem Augenblicke nicht einmal einen Spiegel in die Stube getan. Und dabei konnte es ganz anders sich verhalten. Er konnte der Überlegene sein von uns allen, über die Welt. Es konnte etwas eintreffen, woran wir alle nicht gedacht hatten.

»Mein Gott«, sagte ich plötzlich; ich war bereits auf den freien Platz des Zirkus gelangt, »wenn ich nun durch ein wunderbares Zufallsspiel neben ihm zu sitzen komme!« Ich berechnete. Es konnte wohl möglich sein. Billige Plätze waren längst keine mehr da, und die teueren Herrschaften würden einstweilen auf sich warten lassen und zum Teil erst die Karten am Abend lösen. Ich rechnete jetzt sogar bestimmt darauf. Die Stadt war ja so klein. Wenn es auf irgendetwas Wichtiges ankam, war man immer der Nachbar des andern. Ein Kind begegnete mir mit einer Fastnachtsmütze auf dem Kopf. Ein Mann kam aus dem Innern, der Fähnchen verkaufte. Ich löste meine Karte. Am liebsten hätte ich nun den Nachmittag bis zur Stunde der Vorstellung da zugebracht. Es schien mir widernatürlich, nochmals heimzukehren. Aber wie ist die Welt so entsetzlich großgroß und weit und verneinend, wenn man fremd in ihr ein Plätzchen sucht, etwas müde und gelangweilt. Wiese ist überall, aber diese ist für die armen kleinen Zuschauer, die ohnedies so nah am Boden sind, und die sich um ihre wenigen Kreuzer schon Stunden zuvor keinen Anblick entgehen lassen wollen. Sie leben schon Monate hier zu jeder freien Stunde. Da bin ich dagegen, und noch dazu als Erwachsener, ein Unbefugter. Arme haben auch ihr Reich und ihre Gesetze.

Und gegen die Mittagsseite, wo endlich an den Rand des Zeltes eine Art Bänklein angebracht war, da ging ein Wind, dass man alles Gefühl verlor. Es war auch keine Seele da zu sehen. Nur ein losgerissener Papierdrachen flog, von mir, sonst von niemandem gesehen, am hohen Himmel. Er war eine Art Zirkus des Windes, wie er so gepeitscht dahintrieb, den Wolken und sich selber unbekannt. Es war ein wunderliches Schauspiel. Ich fürchtete mich beinah. Einsamkeit ist wohl das Einzige, was einen undemütigen Menschen wieder mäßigen und zu sich selbst zurückbringen kann. Sie weitet gleichsam den Raum um ihn, zieht den Himmel hinauf wie eine riesige Flagge, die Erde lässt sie dafür herab. Da soll er nun auf ihr leben, nachdem sie plötzlich die Ausdehnung des unendlichen Alls bekommen hat – die Erde – sie ist flach und zugleich wieder rund geworden. Ein Riese ist die Erde, eine Kugel ist die Erde, auf der wir nicht einmal ein Punkt sind.

Ich hatte mich so weit entfernt; wie ein Hund verkniff ich mich nun und witterte nach meiner früheren Sphäre. Und wenn man so nur sucht, findet man auch wieder. So finden wohl auch Tiere wieder zu ihrem früheren Herrn zurück – unmöglich scheinende Wege.

Ich hätte aber eine Bettlerin werden müssen oder Apfelsinenverkäuferin (Kunstreiterin oder Akrobatin konnte ich nicht mehr werden, und ein armes Kind, das unter der Zeltwand durchschlüpft, auch nicht, dazu war es längst zu spät), nur allein um mich einige Stunden unter diesem Zirkushimmel auf der Wiese unbeschadet aufhalten zu können.

Man durfte also nicht umhergehen, wo man wollte. Man musste nach Hause gehen, wenn man nach Hause gehörte. Das war mir eine gehörige Zurechtweisung; und kleinlaut geworden, erst kurz vor Beginn der Vorstellung, stellte ich mich wieder ein an dem Platze.

Ich saß etwas unterhalb der Mitte. Es saßen so viele Köpfe da, die schauten, dass mich zunächst nur alles verwirrte.

Ein Kind in rosa Balletttüll auf einem Pferde! Ein nachahmender Ruf drang ihm von Zeit zu Zeit von den Lippen, man merkte daran, wie lautlos es im Zirkus war. Die Musik richtete sich ganz nach dem Kinde, sie ging gleichsam auf den Fußspitzen. Dann aber, als es abtrat neben seinem Rösslein, wie ein Porzellankunstwerkchen, kam eine Publikumsstimme wieder zurück und wieder eine andere. Und unter den Klatschenden erkannte ich sogar eine Hausgenossin. Und schräg vor mir, wie es nicht besser hätte sein können, saß der kleine Bucklige. Er saß reglos unter seiner Pelerine.

Die Musik ließ uns nicht lange Zeit nachzudenken. Ein Windhund kam. Er schoss durch einen Papierreifen. Sein silberschimmerndes Haar war wie nass von der Eile. Er konnte zwischen den Beinen von sechs wunderbar gehaltenen Schimmeln hindurch. Wie ein Blumenkranz wand er sich im Kreise von einem zum andern. Plötzlich aber stand er in der Mitte und verbeugte sich, indem er den Kopf einfach zurückbog. Er eignete sich vorzüglich zu diesen Vorstellungen, wo es immer auf das Schöne ankam. In dem ersten Augenblick aber, da er unbeschäftigt war, gähnte er auch schon unsäglich gelangweilt, und einem Stücklein Zucker, das das Ende seiner Darbietung ihm bedeutete, sprang er nur gleichsam in den Rachen. Und schließlich verschwand er. Man war erlöst und man bedauerte doch zugleich. Ich freute mich schon so, dass ich darüber jede Nebenabsicht meines Zirkusbesuches vergessen hatte. (Ich hatte mich auch währenddessen keinen Augenblick zu tadeln aufgehört.)

Wie konnte man überhaupt einen Menschen beobachten wollen, um von seinem Wesen unterrichtet zu sein … Ein Lachen weckte mich aus meiner Betrachtung. Die Pferde waren jetzt allein. Sie gingen in einer Reihe. Ich suchte. Denn das wusste ich, das konnte ihr Lachen nicht meinen. Eine andere Ursache musste es haben. Ja, wirklich. Ein kleiner Buckliger rannte hinter diesem Tross heiliger weißer Pferde her. Er schien an ihre rosaschimmernden Schweife gebunden. Und nun flog er, indem er von Anfang an auf seine Beine verzichtete.

Der ganze Zirkus lachte, er lachte mit Trommeln und Pfeifen. Die Begleitung der Musik war ordentlich dazu geschaffen. Es ging mir Angst durch die Glieder. Ja, hier waren sie, diese Menschen. Hier war der Zirkus in ihnen. Die Peitschen knallten, eine nach der andern, unsichtbar in die Luft.

Ich sah unwillkürlich in meiner Angst zu dem kleinen buckligen Zuschauer hinüber. Er war noch kleiner in seinen Mantel gewickelt und rührte sich nicht. Wenn ihn jetzt einer auch vielleicht nur zufällig angestoßen hätte, hätte es vermutlich einen Auftritt gegeben; eine jener peinlichen Szenen, an denen die Welt nicht schuld sein will. Der kleine Bucklige aber im Zirkusrund schwang immer noch und wurde zuletzt wie ein Ring, wie eine Bahn gleichsam. Ein Ring wurde er, den er gefügt hatte, eine Bahn, mit der er verschmolz und in der er unter Pauken und Trommelwirbel und Gelächter schließlich völlig verschwand. Man konnte nichts mehr sagen, nicht einmal innerlich, man war überschrien. Und einen Augenblick musste man auch im Schauen innehalten; man hatte geradezu die Verbindung mit dem Ort, in dem man saß, verloren. Man war müde und wünschte zu schlafen.

Da stand er aber plötzlich wieder, der Clown, wie auferstanden; auf dem Rücken aller Pferde. Er schrie wie eine einzige Wut auf sie ein. Er wollte, dass nun sie schwammen und untergingen in dem flutwerdenden Rasen. Irgendwoher traf ihn jäh wechselnder bengalischer Strahl. Er sah seinem Leidensbruder dort oben im Zuschauerraum zum Verwechseln ähnlich. Beider hatte sich der Zirkus bemächtigt. Dieser hatte seinen Mantel wohl längst losgelassen, denn er saß da vor allen geradezu demaskiert. Wie ist doch die Welt so grausam. Und sogar zu sich selber. Und dennoch, vielleicht ist das ihre Gesundheit, ihre einzige Ermannung. Indem sie sich restlos ausspricht, findet sie sich vielleicht selber wieder. Nur war trotzdem der sonntäglich stille Anzug des Geigenbauers nur mit einer Uhrkette und einigen daranhängenden Talern geschmückt, in keinem Vergleich zu dem Aufputz des Clowns. Und sicher haben die Umsitzenden nur vorübergehend an die Ähnlichkeit gedacht. Denn der Clown hatte einen seidenroten Haarschopf nach aufwärts, nach rechts und nach links. Und unter dem weißen, spitzen Hut aus Filz sah das geschminkte Gesicht ergreifend heraus. Auf den Backen und dem Kinn trug er einen kleinen Stern und auf der Stirne einen Halbmond. Alles das vergrößerte und verkleinerte, und hatte wohl Platz auf eine geheime Weise in seinem Antlitz. Dann aber war die vielfache Tüllkrause, den ohne Hals Seienden wieder völlig einfangend, den Kreis der Hunde, der Pferde, seinen eigenen Kreisring nochmals wiederholend. Und danach kam der Riesenhöcker, der den großen Mann zum kleinen machte, ihn zusammenfaltete in einer aufsparenden Gebärde. Dieser Buckel war der Zirkus. Er war der Sprung, den alle wagen mussten hier im Zirkus. Zuerst die Tiere, dann die Akrobaten, Seiltänzer und Pferdebändiger; und dann wir selber, das Publikum im Zuschauerraum. Aber schließlich auch die, die niemals hingegangen waren, die ganze übrige Welt. Jeder hatte gleichsam schon einmal an dem Schweif fliegender Pferde gehangen.

Ich saß noch lange. Den weiteren Verlauf der Vorstellung aber fühle ich mich auch nachträglich nicht imstande wiederzugeben –

Nach vielen wahnwitzigen Kunststücken war es dann wie eine kirchliche Handlung, als die zwanzig Elefanten den Raum verließen. Keine Musik war mehr nötig. Die Leute gingen.

Und erst, da die Zelte schon abgenommen waren und nichts mehr in der Stadt an Zirkus erinnerte, ging ich wieder zu meinem Geigenbauer, um endlich die Geige abzuholen. Ich ging, als hätten die Zelte niemals in der Ferne gestanden, nur das Gegenwärtige wollte wieder empfunden sein: die Stube des Geigenbauers. Es war nichts als eine Ruhe am Sonntag, die mich dort hinleitete. Das Drohende dahinter war vergessen. Und doch, es hätte doch sein können, dass ich noch daran gedacht hätte. Es wäre sogar sehr möglich gewesen. Und hätte dann das ganze Geschehnis nicht wieder von vorne beginnen müssen? Aber ich holte nur die Geige, und innen war alles still, als sei niemand da. Kaum ein Wort konnte man sagen. In sammetweicher Stille war alles aufgehoben. Ja, der Bucklige selber war leise, als störte er sonst jemanden. Nur der Uhrschlag, milde nachzitternd, fand sich wieder ein. Es war gerade drei Uhr. Ich wollte schon eben hinausgehen, versonnen, wie man da immer wurde, da fiel mein Blick auf den Spiegel, den dunkelschattigen: Unter ihm war ein Bildchen angebracht, ein neu erworbenes. Ein Buckliger stand da, ein Clown. Die eine Hand hatte er, sich verneigend, in die Seite gestemmt, und in der anderen hielt er höflichst seinen Hut, denjenigen zu verabschieden, der da noch fragen wollte.

Das Mädchen

Eine Wanderung durch fremde Gegenden an unbekannten kleinen Besitzungen vorbei ist nicht nur Wandern, Betrachten und Vorbeigehen. Irgendwo reingeputzte kleine Fensterscheiben mit immer gleich geschonten herrlichen Fuchsien dahinter, irgendwo ein Hausflur, duftend von Sauberkeit, oder aber eine weiße Bank vor dem Hause, prägt sich in unser Leben ein wie eine schöne, uralte Schrift.

Freilich sind nicht alle so. Einige verkommen langsam. Aber auf diese, die gleichsam auf ihrem Besitztum eingeschlafen sind, warten schon andere, die es wieder aufrichten und erneuern werden. Als ihr Besitztum allerdings, aber was weiter besagt das dann als das Alte und von jeher Gewesene: Die Natur hat einen Bund mit den Starken dieser Erde geschlossen. Das sind alles feste Kaufverträge: Sie gibt ihr Korn, ihre Bäume, ihre Felle, kurz und gut alles, gar alles, was sie hat. Der Mensch aber wiederum muss nicht nur seine Hände hinhalten, auf eine Weile. Er muss dafür sein Fleisch und Blut geben, ja, etwas mehr, als er manchmal der Natur zuschreibt, dass sie besitze; seine eigene Seele muss er hingeben.

Manchmal aber begnügt sich auch die Natur mit

einem Pachtvertrag. Aber die Pächtersleute sind allzu oft arme, unterdrückte Leute. Sie arbeiten auf Termine hin und kommen und verschwinden wieder wie die Schatten.

Und jeder auf dem Lande sieht es dem anderen an, auf drei Schritte schon, ob er Eigentümer oder Pächter ist. Das zum mindesten, wenn er ihm nicht gar noch mehr ansieht. Darum aber ist auch ein Armer doppelt arm. Denn er ist es nicht nur für sich, sondern auch für die andern.

Und gar, wenn er mehr als arm ist. Wenn er ganz abgewirtschaftet hat mit sich. Wenn er den anderen nicht einmal mehr den Nutzen einer Arbeit verspricht. Wenn sich die Armut an ihm bildlich gemacht hat, dass er ihr Bettler geworden ist, und wie ein anderer zu einem Fastnachtsscherze die Gegenstände seiner Verkleidung mit Mühe und einer Art Fleiß zusammenstellt, sich immer mehr vervollkommnet. Ein vollkommener Bettler ist er zum Schluss, aber die Phasen, die er dabei zu bestehen hat, sind nur sehr allmählich und für einen Zuschauer kaum mehr erlebbar. Manchmal aber (der Schluss ist oft so, dass wie verhungerte flüchtende Hasen von Vögeln zu Tode gepickt werden und dieses Leben ein großes ungerecht scheinendes Ende nimmt), manchmal aber wendet sich auch alles so, als sei nur ein friedliches Idyll erzählt worden, ein Idyll von armen Leuten, beinahe den Heiligenbildern vergleichbar, wo uns das mindeste so zu Herzen geht, ja, mehr zu Herzen geht als die kostbarsten Gaben der Heiligen Drei Könige.

Nur können diese armen Leute nicht mehr so recht, wenigstens nicht mehr aus sich selbst heraus. Sie müssen gleichsam in ihr eigenes Leben wieder hineingeführt werden. Es ist ihnen ja noch zu sehr Gewohnheit, vor der Türe ihres Herzens zu sitzen. Und so ist es denn auch die Sache der Natur, diesen Menschen zu suchen, der da ihnen ihr eigenes Bett anweist, ihr eigenes Brot ihnen wieder zu essen gibt, und mit einem einfachen Schluck Wasser beweist, dass sie Erholung und Stärkung besitzen. Aber natürlich ist diese gute Fügung nicht nach unserm Sinn barmherzig; es kommt sogar oft so, weil sie nun einmal allwissend ist und die Wege nimmt, die zu nehmen sind, dass sie diese Armen, denen sie helfen wird, einfach feilbietet und zunächst in eine einfach lächerliche Lage bringt. Denn es ist wirklich komisch, wenn dieser Taugenichts auf eine jener vielen abgelegenen Auktionen der Welt gerät.

»Er«, oder sagen wir diesmal »sie«, es kommt meistens auf dasselbe hinaus, braucht nur sich ein wenig von der Wanderung auszuruhen auf einer Landstraße, so kommen schon die Käufer. »Hm«, denkt sich ein junger Bauernbursche, gesund, herzlos gesund, und nur mit den Augen abmarktend, was etwa noch recht wohlfeil, sagen wir: herabgesetzt zu haben sei, »die hat es auch verpasst.« Und er geht pfeifend weiter. Dann eine junge Dame mit einem Herrn, Touristen, richtig neugierig. Leute, die ein so gepflegtes Haus haben, ein so reiches und unerschütterliches, dass sie eine ihnen gefällig scheinende Landschaft ohne

Weiteres für die Fortsetzung und Umgebung desselben betrachten, und sich wundern, wie in einem Parke, wenn da plötzlich ein Fremder ausruht, wie er nur hergekommen sein mag. Ja, ich will noch mehr sagen, dass sie diesen Armen unbewusst mit ihrer Neugierde hinauszudrängen versuchen. Es ist da etwas, was sich nicht lösen lässt: »Was ist da wohl passiert?«, denken sie; sie trägt ein Kleid, das, verwetten, dennoch dem unsern ähnlich ist, mag es auch anders geschnitten sein und von ferne gleiches Recht besitzen. »Sie sieht legitim aus, ja, sie scheint aus unserem Stande. Aber ihr Kind wird es niemals werden.« Und sie haben recht, mit einem einzigen Blick haben sie es ermessen. Dann kommt eine Bäuerin, eine, die wenig sagt. Sie hat ihre festen Gesetze. Sie ist hineingewachsen in die Welt und ist ihr Mittelpunkt geworden, wenn auch nur auf einem einzigen Fleck, denn an mehreren Orten zugleich kann man meistens nicht sein. Sie würde sich da nie niedersetzen neben diese. Sie hat nur einen Überschuss an Flachs verkauft im Marktflecken drin, der mit seinem Klosterturm und seiner Häuserstraße herüberschaut. Mehr als fünfzig Paar Strümpfe, hart sind sie allerdings für den, der nicht von Anfang an auf Flachs gegangen ist, mehr als fünfzig Paare kann nämlich auch die reichste Bauerntochter nicht brauchen in ihrer Aussteuer, sagt sich die alte Bäuerin und geht weiter. Sie sieht nachdenklich aus, scheint etwas zwischen den Mundwinkeln zu haben. Vielleicht denkt sie noch mehr als nur über flachsene Strümpfe nach. Dann kommen Kinder. Sie schauen. Sie stehen und werden, indem sie rätseln, selber zum Rätsel. Die Zeit vergeht. Die Person da auf der Bank käme sich bald als Strohpuppe der Neugierde vor (doch ist auch daran nichts zu ändern), wenn nicht bald was geschähe. Ihr Hut ist ein weißer Strohhut von unschuldiger Form, und von Schmuck darauf ist nicht zu reden. Ein paar Blättchen hängen noch am Drahtkranz und ein einziges Maiglöckchen. Der Rock hat zwei Farben, vorn ist er braun und hinten moosgrün, und ringsum ziert ihn das abgedruckte Muster einer längst entfernten Spitze. Die Sonne hat halt auch ihre Späßchen, eben die Leute. Da kommt der Gebirgsbote. Und ob er gleich sonst immer zugeht und, wie er selbst sagt, auf dem einen Bein ausruht, während er mit dem andern vorwärtsschreitet, so bleibt er doch da stehen und schaut unter seiner gebückten Haltung hervor, was er als alter Mann nur noch irgend sehen kann. Die Person ist jung und sieht eigentlich beinah schön aus. Nur das Glück fehlt ihr, zum schön aussehen. Aber »das Glückhaben«, so viel weiß er, »ist auch nicht nur ein Zufall, es ist eine richtige Charaktereigenschaft.« Darum zweifelt er einen Augenblick. Aber dann hat er schon nach ganz kurzer Zeit im Gespräch den richtigen Griff getan. Er dingt. »Gehe mit«, sagt er, »du kannst dich mit deinem Kind bei mir schon ernähren.« (Sie hat noch gar keines, aber deswegen kann er doch recht haben.) »Kannst du kochen?« »Nicht viel.« »Macht nichts. Kannst du nähen?« »Auch kaum.« »Macht nichts. Kannst du Ziegen melken?«

»Gar nicht.« »Macht auch nichts. Und Gartenarbeiten kannst du auch nicht?« Sie schüttelt mit dem Kopfe. »Das macht ebenfalls nichts«, sagt er einsichtig oder mitleidig. »Wenn du einmal bei mir lebst, lernst du es schon. Wenn du ein Kind hast, erlernst du es. Ich zeige es dir schon, das Arbeiten, du hast es vor allem noch nicht richtig gelernt, ich werde dich schon anweisen.« Ein Alter aus der Odyssee hätte nicht klügere Übersicht über das Leben haben können.

Und als der Schatten über die Anhöhen und Berge ging und das Licht der Luft auslöschte, hatte auch dieses Leben des Mädchens sich schon gewandelt und werkte schon eifrig, wenn auch geradeso furchtsam, wie es von Natur eben war, in einem kleinen Häuschen. Und die Bank war dunkel und leer. Sie konnte sich meinetwegen an sich selber anlehnen. Oder die Nacht konnte sie in Beschlag legen. Vielleicht schlief schon wieder ein Handwerksbursche darauf oder ein Liebespaar traf sich. So eine Sommernacht, wenn sie nur erst einmal dunkel war, und alle sind fortgegangen, die nicht ganz hergehören, wird wieder durchsichtig. Vielleicht träumen die Blumen dann, dass sie Sterne seien. Und vielleicht glauben sie es auch wirklich, denn morgens erwachen sie mit einem Diamantenschmuck an ihrem Herzen. Und die Vögel haben nie so frische Kehlen als nach einer klaren, lauen Sternennacht.

Eine einzige Nacht, wenn es eine einzige gäbe auf Erden, müsste nicht ohne Friede sein so zu verleben. Dieses gibt gewiss auch der gestrengste Bürger zu.

Aber eben dieser Himmel zitternder Welten ist dann auch der Tag selber. Also braucht man die Nacht nicht, sagt der Bürger. Man glaubt, am Morgen bis ans andere Ende der Welt schauen zu können. Jedenfalls zu der Arbeit, die man zu verrichten hat, ist das Licht Goldes wert. Es nimmt einen gleichsam selber in die Hand, als sei man ein Waschbecken, früh gefüllt, und als sei man ein Feuer, zeitig entfacht. Und als sei man die erste Speise, ernsthaft genossen. Dann aber muss man arbeiten, als habe man nun mit dem lieben Gott ein Bündnis gemacht. Und man muss schon sehr gewissenlos und schwach sein, wenn man das Bündnis bricht und weitergeht und immerzu irgendwo abhockt und schließlich da einnickt am glockenhellen Tage. Denn ja, es läutet Licht; es läutet, bis es untergeht und unser Erdteil abgewendet die Nacht begeht.

Man glaubt gar nicht, wie bald alles geht, wenn man es nur einmal im Vertrauen zu der Sache und sich angefasst hat. Es ist im guten Sinne wie behext. Freilich, wenn der Greis die Joppe anzog, die ihm das Mädchen geflickt hatte, so war es keine Flickerei nach Klosterart oder überhaupt nach Frauenart. Aber sie war doch geflickt. Und es war etwas Rührendes daran, dass es überhaupt geschah. Alles war noch wie das erste Lesen eines Abc-Schützen. Es ging auch so langsam noch und mit unsicherem Wesen. Aber es ging, und das war allenthalben die Hauptsache. Und mit der Zeit kam in die Arbeit, die alle Tage sich ein wenig wiederholte, Übung. Ein bisschen besser ging das Mähen. Auch die Geiß hielt still beim Melken. So wurde der Kübel voll, und es waren über Tags Beweise da, dass etwas richtig vor sich gegangen war. Und war nicht auch das Kochen viel natürlicher, als man je geglaubt hatte? Und ging nicht der Alte, wenn ein Tagewerk gelungen war, um es herum wie ein Bräutigam? Es war ihr wohlgelungen! Sie konnte bald alle ihre Sachen. Sein Blick hatte recht gehabt. Und zufrieden war sie, wie gar kein Mensch es ist. Er hatte ein richtiges Ding gegriffen. Sie brauchte schon längst so ein fernab gelegenes Häuschen mit zwei Ziegen und neun Hühnern, mit einem Gärtchen rings und einer Weide. Dieses alte Großväterchen war für sie gewiss vor der Zeit erschaffen worden, und darum begegnete sie ihm auch, sooft es auch sein mochte, wie einer guten Vorsehung. Und das ist keine üble Art, mit einem Menschen umzugehen. Nein, im Gegenteil, es ist eine himmlische Weise. Wenn das immer so dauerte, müssten die Leute die Ewigkeit um sich fühlen. Eine Ewigkeit, wir wollen sie nicht an der Gottheit, sondern nur an den Sternen bemessen, ist immerhin geraume Zeit, da lässt sich schon einiges beginnen und vollenden.

Und so ist es nicht zu verwundern, dass aus der Übung Fertigkeit, und aus der Fertigkeit Sauberkeit, Ordnung, kurz, Beständigkeit wurde in verhältnismäßig kurzen Monaten, sodass der Alte seine Botengänge wieder aufgenommen hätte, wenn er nicht wie ein Großvater sich bereits um die Niederkunft seiner jungen Frauensperson bekümmert hätte. »Weißt du«, sagte er eines Tages, »ich werde es der Hebamme sagen. Dann bist du versorgt.« Und während er das sagte, stand er schon in seinem großen geschwungenen Flut, seiner Talerweste und seinem langen Rock da, an der Tür, und sein hoher Stock und die eine Hand hielten schon sich hinaus auf die Waldstraße. »Ja«, sagte er bereits gehend, denn wie die meisten alten Leute hörte er nicht auf den andern, sondern redete in die gestaltlose Welt seiner Seele hinaus. Die ist nämlich schon auf der Fahrt mit dem Vater Charon, während der Mensch noch Monate, ja Jahre in seinem Hause umhergeht, ja, seine Wege macht und nach Menschenart schaltet und waltet.

Die Frauensperson war nun allein.

Julia hieß sie und dies und das noch dazu. Es hatte sich erwiesen, dass sie noch einen Holzkoffer besaß mit Kleidungsstücken darin, ja, sogar ein kleines Vermögen, von dem ein Postbote schon einmal Zinsen gebracht hatte. Aber es machte ihr keinen Eindruck. Die Dinge lagen, wo sie lagen, und das eine grüne Kleid schien ihr gleichsam an den Leib gewachsen. Nur jetzt, kaum dass der Greis verschwunden war, überfiel sie ein merkwürdiger Eifer. Sie zerschnitt ein Hemd nach einem Papiermuster, das sie sich zurechtgemacht hatte – (sie wusste ja der Vorstellung nach noch gar nicht recht, wie groß ein neugeborenes Kind war). – Dann nahm sie ein sehr weiches Leintuch und säumte daraus Windeln. Zwischendurch mähte sie, molk sie, jätete sie im Garten und kochte eine Abendsuppe. Aber als der Alte eintrat, lag schon eine Beuge fertiger und unfertiger Kleinkinderwäsche da. Und der Greis sah befriedigt auf die Leistung, denn er wusste irgendwie, dass es für sie eine war, und es war ihm auch wohl deswegen, weil sie seinen Wink verstanden hatte. Sie war nun schon in die Weltordnung inbegriffen, und der Greis, wenn er kein Greis gewesen wäre, hätte von Neuem sie freien müssen. Denn so viel Einsicht besaß er, dass das zur vollen Aussöhnung eines verletzten Menschendaseins gehörte, wenn auch wohl noch von einem anderen, als er es war. Das verstand er. Denn immer sprach das Wesen noch nicht mehr, als sich von selbst ergab. Und es tat ihm leid, denn sie war doch jung und mochte gewiss reden. Aber sie war auch nicht traurig. Im Gegenteil: im Voraus einverstanden mit jedem und allem, was geschah. Nur fehlte ihr, das, wenn es auch nicht edel ist, doch gewiss zum Leben der Menschen im allgemeinen gehört: eine gewisse und undankbare Freudigkeit; ihr fehlte das. Ja, sie sagte es sich sogar selbst. Ihr fehlte etwas.

Es war, als wohnte nur zufällig eine Seele in diesem Körper. Und jedes lebte separat für sich. Und darum war auch das Tun so langsam nur mit ihrem Wesen in Einklang zu bringen, und darum war es gewiss auch mehr als nur Zufall, dass sie diesen uralten, aber noch rüstigen Boten als Oberherrn angetroffen hatte.

Eines Abends wanderte der Greis wieder hinaus auf die Landstraße. Er hatte aber zuvor eine Nachbarin herbeigerufen, eine Frau von zehn Kindern. Die molk nun und setzte Kaffee auf, richtigen, und außerdem einen hohen Kupfereimer voll Wasser über die Feuerung; wohl das Bad für das künftige Kind … Sie schaute sich das bisschen Wäsche an. O Gott, das Hemdchen war viel zu klein! So unmenschlich war dieses Mädchen noch, obwohl sie Mutter wurde. Doch wusste die Bauersfrau guterweise nicht, dass das Mädchen es selber genäht hatte. Und außerdem war dieses arme Bauernweib vom Schicksal gleichfalls schon so erzogen, dass ihr diese Tatsache höchstens etwas Schmerzliches gesagt hätte oder etwas nicht ganz zu Verstehendes. Ja, es war so, dass sie ihr von dem Ihrigen, so schwer es ihr auch sein mochte, daraufhin gespendet hätte; und wenn auch nur (was auch in Wirklichkeit geschah) ein Tausch daraus entstanden wäre. Ja, wenn sie auch schließlich (was ebenfalls geschah), sich nimmer halten könnend, es im Dorfe weitergeklatscht und gar dazu das Hemdchen gezeigt hätte, das winzige, unmenschliche: Immer noch wäre es eine gute Tat gewesen, und immer noch hätte das Mädchen ihr als eine gute Tat diese vergolten.

Denn das Schweigen ist nun einmal für viele ein zu großes Menschenwerk, das dürft ihr nicht von jedem Dritten erwarten. Und das Verstehen ist vorerst nur der Gaumen des Verstandes, und der aber ist mit der Zunge verbunden. Und die Zunge – für gewöhnlich – (hat sie einmal verstanden): spricht. Das ist so Weltlauf.

Aber, wie gesagt, es ist schon viel, wenn die Zunge nicht nur Zunge und nicht nur Verstand ist, sondern auch sich wieder zurück in Herz und Hand verwandelt.

Und so durfte sich das Mädchen wohl freuen, als die Bäuerin mit drei Kittelchen und zwei Hemdchen herbeikam. Denn Armut war auf beiden Seiten, wenn auch eine verschiedenartige Armut. Und die Bäuerin kam sich gesichert vor im Gegensatz zu ihrer Leidensgefährtin. Hingegen jene, als sie so allmählich begann, die erschreckliche Arbeit des Gebärens zu fühlen, bekam eine Art Schrecken vor der Mutter von zehn Kindern. Die Natur riss das Geschöpf, wenn auch nur der Fantasie des Schmerzes nach, in vier Teile. Julia, ich muss mich entschließen, sie wieder beim Namen zu nennen, hielt sich mit den äußersten Enden, mit den Händen an den Kanten ihres Strohbettes. Die Füße, wie die einer Toten, waren gestreckt. Der Kopf schaute nach rückwärts, als sei er nicht mehr an dem Körper. Zeitweise aber war sie wieder ganz weich und lag da wie ein müdes, einschlafendes Tier. Und darin macht die Natur keinen Unterschied zwischen einer Fürstin und einer Bettlerin. Und wenn die Fürstin etwa eine Narkose befiehlt, so kommt sie mir dadurch vergänglicher vor als irgendein Kraut, das, sich verwandelnd, die Knospenkapsel mit eigener Kraft sprengt im letzten Leben und Sterben. Es ist nicht Zufall, dass die Landschaft der Erde mit der des Herzens identisch ist. Draußen, während erster Schnee fiel, allerdings verspätet, löste er sich schon wieder schmelzend auf und rann in Strähnen die Straße hinab. Nacht war, aber wie jene Sommernacht, der Tag einer Nacht. Nur etwas trostloser, wie es ja schon in der Jahreszeit selber lag. Zu den Sternen vergaß man hinaufzublicken, weil sie nicht nur einem fern, sondern auch ganz klein schienen. In der Stube war alles irgendwie lahmgelegt, denn sobald sich andere Menschen vor unsern Augen unserer Gegenstände bedienen (erst recht, wenn sie uns damit helfen wollen), werden dieselben tot, und man denkt unwillkürlich daran, wie es hier sein wird, wenn man gestorben ist.

Die Türe der Hütte ging. Die Hebamme war da und legte ab. Und der alte Bote, der befriedigt in seine Kammer wollte, blieb wie angewurzelt an der offenen Haustüre stehen. Es war, als ob er wieder hinaus müsste auf den Weg, um ewig draußen zu bleiben und draußen zu gehen. Und es war schon Nacht und die Sterne in verwirrender, mit der Welt da unten unzusammenhängender Pracht. Oh, wie war man allein. Es schrie. Aber nicht wie von einem Schmerze, sondern wie wenn sich etwas spaltet, und der Schrei des Kindes erschien auf der Welt. Er beherrschte wie ein Blitz die Welt einen Augenblick. Denken und Fühlen ist nicht mehr denken und fühlen. Und brannte drinnen nur eine einzige kleine Lampe, so trat jetzt geradezu das Schwarz der Dunkelheit – so absonderlich es klingen mag – zutage. Man wusste nicht, war nun Tod oder Leben. Der Greis saß ganz gebrochen auf seinem Bettrand, während drin in der Stube jemand redete und jemand antwortete. Es war wohl die Hebamme und die Bäuerin. Aber nach einer Weile waren es vier und fünf Stimmen, die Mutter und das Kind waren hinzugekommen. Beide waren gleichsam geboren.

Da fand der alte Sepp wieder seine Füße. Er stand wieder. Und schließlich rief ihn auch die Hebamme scherzhaft von drinnen her an: »Seppel, Sie haben eine Enkelin.« Und der Sinn dieser Worte schien gleich das Leben wieder bewohnbar zu machen. Der Tisch mitten in der Stube trug das Licht, das winzige Lämpchen, mit einer eigenen rührenden Darstellung rings allem Gegenständlichen entgegen. Der schmale Lichtstreifen, der der Bank blieb, schilderte ihr sauberes Gewebe. An der Wand spürte man noch zwei Bildtafeln. Und ein Jesus an der Wand, nur noch silbern, durchquerte die Stube als ein heiliges Spinnengewebe. Man hätte auf die Knie sinken können. Es gibt Augenblicke, wo man sich keines Menschen mehr zu schämen braucht, wo Weihnachten in der Seele ist. Aber mit der Geburt ist die Kreuzigung und die Auferstehung, wo man nur noch danken kann; wo man nicht mehr sagen kann, ob das fremdes Leid war oder eigenes, um das man so gelitten hat. Der alte Sepp getraute sich nicht gleich, zu dem Bett seiner Magd hinüber zu blicken. Obwohl er es ja wusste: Dort lag sie mit dem Kinde.

Oh, wie war das erlösend. Um die Nöte dieser Angst willen musste man das Kind lieb gewinnen. Es weinte für einen, und man tröstete, indem man es tröstete, sich selber. Nur langsam ging er ihrer Stimme nach und streichelte sie, so stehend, gleichsam von ferne. Und er hob das Köpfchen des kleinen feuerroten Geschöpfchens und schüttelte ihm was vor mit dem schneeweißen Haupthaar. Das sollte ein Scherz sein oder eine Art Begrüßung. Er wunderte sich über das herrische Händchen, das blindlings etwas behielt, wenn man es ihm zu fassen gab, und er meinte kaum mehr sich befreien zu können. So war bald ein neuer Bund geschlossen, der zwischen einem uralten Manne und einem neugeborenen Kinde. Und Hebamme und Bauersfrau konnten schließlich beruhigt gehen, denn der Greis war zu den nötigen Diensten aufs Freudigste bereit. Er wachte, das konnte man wohl sagen, bei Nacht. Er glich in seiner offenen Ausschau beinah einem der Heiligen Drei Könige. Denn freilich, er wusste auch, sein Haus war mit diesem Kinde erst gegründet. Vorher hatte er Augenblicke lang an der Ausdauer seiner jungen Haushälterin gezweifelt. Jetzt aber, ahnte er, würde sie um des Kindes willen arbeiten. Und diese Arbeit war eine andere. Und sie nur konnte werden, was Arbeit sein soll: die beiden Kettenglieder des Lebens. So horchte er, ob beide atmeten, Mutter und Kind. Und wenn ihm ein Fremder das als berechnete, lieblose Liebe vorgehalten hätte, so würde das nur bewiesen haben, dass jener nichts vom Leben begriffen hatte, denn es besteht ja nur aus solchen Zusammenhängen. Sie sind seine Natur, sein Leben selber. Je edler ein Mensch ist, je stärker sind sie zumeist in ihm ausgedrückt. Und es war ein Vom-Tode-erweckt-werden, wenn diese, nachdem sie ihr bereits erstorben waren, erneut wurden. Und das Leben zog den Alten gleich in seinem neuen Amte heran. Und die Arbeit, die er, halb vernachlässigt, doch jahrelang allein geleistet hatte, rückte wieder in den

Vordergrund, und zwar stundenweis ohne viel Atem zu holen. Die Löffel machten eigentlich mit ihm jetzt wieder Bekanntschaft, und unbeholfen die Schüsseln und Teller. Er holte Dinge hervor, allerdings von der schwachen Stimme der Julia geleitet, die längst seinem Gesichtskreis entschwunden waren. Es zwang ihn das Leben so recht, das auszuführen, was er begonnen hatte an Guttätigkeit. Ja, er nahm zum ersten Mal in seinem Leben ein kleines Kind, dieses kleine Kind, auf die Arme. Und das wunderte ihn am meisten. Das Wesen schlief und schlief. Es schlief von der Erschöpfung des Geborenwerdens, oder weil es vielleicht immer wieder in der einschließenden Wärme der Bauernstube sich wie im Mutterleib fühlte, Tag und Nacht beinahe ununterbrochen fort. Und da es nichts genoss sechsunddreißig Stunden, blieb es auch rein, beinah ein Sinnbild der heiligen Armut. Die kleinen weißen Fähnchen, die man seine Kleidung nannte, hingen über dem Herde: Die Schweißtropfen der Fensterscheiblein perlten nacheinander herab. Die Uhr schlug. Ein Huhn, weil es der Stille ungewohnt war, flog herein durch irgendeine Nebenkammer. So verstrichen vierzehn Tage.

Eine wirkliche Liebe entspann sich zwischen Mutter und Kind. Von dem Kind zur Mutter war sie noch unsichtbar, wie blind. Von der Mutter zum Kinde aber der Liebe an sich so ähnlich, dass man sie da verkörpert sah. Nur war auch das ein Fehler. Auch darin barg sich schon im Keime wieder dieses Wesenlose; was ihr Geschick vielleicht zu einem entscheidenden gemacht hatte. Aber immerhin war dennoch ein Bündnis mit einem Menschen geschlossen für das ganze Leben, und das ist doch das Hauptsächliche an dem Verhältnis von Mutter zum Kind. Beide wissen jedes Mal, wenn sie sich Wiedersehen: Was wir einander sagen und tun, es ist für immer. Es wird nie vergehen. Auch zwischen Eltern und Kindern, die sich sonst durch eine besondere Fügung fremd sind, ist das noch. Es ist einfach nicht zu vernichten, unter keinen Umständen.

Die Bäuerin kam drei Wochen lang, um im Stall und im Hause tätig zu sein. Denn sie sah sogleich, dass man von Julia nicht erwarten durfte, dass sie am dritten Tage, wie eine Landfrau, aufstände, um die Windeln selber zu waschen. Auch Julia schlief beinah so viel wie das Kind. Und am ersten Genesungstag, als sie wirklich aufstand, musste sie zu ihrem eigenen Schrecken das Gehen wieder erlernen.

Ein Weg bis zur Herdbank war zum Ertrinken. Das Kind zu heben getraute sie sich noch mehrere Tage nicht. Alles tat nach wie vor der gute Alte. Dadurch war sie ihm auch mehr zum Dank verpflichtet als jemals zuvor jemandem im Leben. Es war diese Dankbarkeit jetzt die eigentliche Quelle, aus der sie schöpfte. Es war auch ihre einzige Art von Fröhlichkeit, denn eine andere besaß sie nicht. Das Leben musste sie grausam geschlagen haben. Eine Art von Fröhlichkeit hätte noch ihre Kindlichkeit werden können. Aber sie äußerte sich immer wieder in Zaghaftigkeit, in der Furchtsamkeit vor jeder einzelnen noch unbekannten, fremden Bewegung. War ein Wort gut, war eine Handlungsweise offenkundig, anerkennend, eine nächste konnte vielleicht aus unerforschlichen Gründen das Gegenteil sein. Oh, das Leben! Wie war es erschreckend. Es schien immer, als habe sie selber keine Mutter, keinen Mann, keine Geschwister. Als habe sie der letzte Tag eben noch aus der Türe gewiesen. Immer sah sie noch so aus. Und nun konnte sie doch etwas, ihre Arbeit konnte sie nun! Und auch ein Heim hatte sich für sie gefunden. Und nicht nur für sie allein. Auch ihr Kind wuchs neben ihr auf. Es hieß Maria. Und es hatte auch ein klein wenig etwas Tempelhaftes, im Leben Belehrendes bekommen. Es zeigte schon zu Anfang des zweiten Lebensjahres einen genauen Gehorsam und eine unbedingte Ordnungsliebe. Die wenigen Klötzchen lagen immer an einer Stelle, und wenn es von seinem Spiele abberufen wurde, kam es unfehlbar. Es schien unbewusst zu den Zusammenhängen des Daseins hinzustreben, da, wo seine eigene Mutter aus irgendeiner Dunkelheit heraus nicht hingelangt war. Denn wenn Julia auch gutwillig war bis zur Unsinnigkeit, so musste sie doch auch irgendwie das sein, was die Leute gemeinhin mit »dumm« bezeichnen. Oh, weiß Gott, was sie war. Sicher war nur: Ihr fehlte etwas.

Und, o Wunder, auch so behandelte sie der alte Großvater. Er nahm sie wie eine gesunde Kranke. Das Kind aber war sein gebanntes Vöglein und sein Blümchen. Es ersetzte ihm mit der Zeit die Wanderung, denn er wurde gebückter und müder. Immer näher lagen die Orte, die sein Wanderziel wurden. Immer weniger wurden die Leute, die ihm eine Botschaft anvertrauten. Rein aus Almosenmilde sandte ihn die Gemeinde noch da und dort hin, denn er hatte sich immer als treu und zuverlässig bewiesen. Schließlich nahm er keine Dienste mehr an. Er ging zu Tode gebückt um sein Häuschen herum. Es war zum Verwundern, wie jemand so gekrümmt noch leben konnte. Dem Kindchen Maria aber schien das eben recht zu sein. Nie musste es mit seinem kleinen Arm länger hinaufreichen, als es von Natur konnte, und der Greis neigte jederzeit sein Haupt zu ihm herab. Ja, er ging bald in gleicher Höhe neben ihm, wie Mütter liebend manchmal zu tun pflegen. Wie war dieser Alte doch so weise. Doch war er seiner selbst nicht so ahnungslos, als man etwa glaubte. Denn oft mitten auf seinem Wege, wenn ihm jemand begegnete, (er getraute sich aber selten mehr fort, denn er hatte zu seiner Sorge gewahrt, dass er plötzlich in einer fremden Gegend stand, das heißt, dass er sich nicht mehr auskannte, dass ihm dieses scheinbar kleinliche Etwas, das Gedächtnis, im Stich ließ), denn oft, wenn ihm jemand begegnete, blieb er still stehen, sah zu dem Betreffenden empor oder auch zu dem Himmel, und hielt ihm eine Rede. Und es waren immer Wahrheiten, die er sagte.

Einmal, weil er nicht auch ganz ohne weltliche Sorgen war, sprach er vor dem ihn besuchenden Gemeindediener aus, er wolle, dass diesem kleinen Mariechen das Anwesen verbleibe, und man solle nach seinem Ableben der Mutter es zu einem wohlfeilen Preis überlassen. »Denn«, sagte er nachdrücklich, »Geld nimmt man nicht mit in den Himmel.« Bei sich dachte er aber: »Mit meinem Gelde kann ich anfangen, was ich will.« Und er traf auch eine wunderliche Verfügung. Er verschrieb dem kleinen Geschöpf sein Vermögen. Dieses Vermögen aber betrug ebenso viel wie die Kaufsumme des Hauses, sodass Julia dann ihre Erbschaft kaufte und wiederum geschenkt bekam. Es entsprach das wohl irgendwie seiner Gesinnung zu ihr. Es wurde, als es bekannt wurde, viel im Dorfe darüber geredet. Die einen lachten, die andern aber kannten sich gar nicht mehr aus. Aber in dem Hause selber verfloss der Tag beinah eintönig wie etwa ein Tag eines Baumes, ein einförmiger Tag. Die erforderlichen Dinge wurden alle getan, eines nach dem andern, und es war schon so, als wenn sich nichts mehr veränderte. Nur eine Menschensonne ging unter, allmählich und allmählich, und das Kind wuchs zu einem Menschen heran, und in seinen Augen war schon die Welt, in der es lebte und sann. Halbe Tage lang saß es bei dem Großvater, als fühlte es, dass man das bald nicht mehr, wenn nicht jetzt noch, tun konnte. Und ein junges Lämmchen, das vor Einsamkeit beinah starb, kam auch mit und blökte ihn zärtlich und wehmütig an. Er war aber beinah wie Abraham, der Isaak und Jakob nicht mehr unterscheiden konnte, als das eine Wesen rechts und das andere links stand. Nur die starken Arme der Juliette, denn von der ebenmäßigen Arbeit waren sie stark geworden, die fühlte er, und von ihnen ließ er sich gern ins Haus geleiten.

Eines Morgens, oh, es war noch früh, sah er den Dom von Mariaeinsiedel. Und den Weg dahin ging er wie einen Höhenweg, ein Weg in den Wolken. Er ging ihn mit den Worten. Julia saß mit Tränen in ihren Augen am Bettrand. Sie sah diesen Geist entfliehen und war ohnmächtig, ihn auch nur mit einem Wort zurückzuhalten. Dem Tod muss man immer recht geben.

Sie sah mit einem Mal, was sie bisher dunkel gefühlt hatte, dass nach diesem Hinscheiden sie wiederum auf jener Bank an der Landstraße saß und die Leute vorbeikamen, sie abzuschätzen. Aber sie ahnte, dass keiner unter ihnen Sepp, der Greis, war, und dass sie nur jetzt etwas gelernt hatte, um umso mehr leiden zu können. Denn wie die Natur allmählich einen Einarmigen zwingt, seinen Mund, seine rechte Hand zugleich als linke, die Füße, ja den ganzen Körper als diese eine fehlende Hand zu gebrauchen, jetzt, wo er doch nur eine einzige hatte und plötzlich jeden Augenblick zehn von ihm gefordert werden, so wie bei diesem war es jetzt auch bei ihr. So war es auch bei ihr: »Warum hast du deine Seele nicht als ein gebrauchsfähiges Lebewesen in deinem Körper ausgebildet; warum bist du so zusammenhangslos? Glaubst du etwa, dass man dich dann nicht brauchen könne? Oh, als Vogelscheuche bist du mir noch gut, wenn du zu nichts mehr sonst taugst. Ja, gut genug dazu …« Und

Julia liefen unablässig Tränen über die Wangen. Einsamkeit war nun, die furchtbarste, die durch das Abscheiden eines Menschen entsteht. Und das Kind brachte Pfefferminzkraut aus dem Garten, als ahnte es ganz die Ohnmacht dieses Menschen. Immer näher kam der Sterbende zu seinem Dome. Als ahme er die Glocken nach, so läutete er mit den Händen. Schließlich nahm ihn die Kirche hinein. Und er glich bald dem steinernen Sarge, lang gestreckt und zugedeckt von der Nacht des ewigen Schlafes.

Das Kind entfernte sich. Aber draußen pflückte es Blumen, und als es ihm dünkte, dass es genug habe, setzte es sich, von seinen Blumen und Blättchen umgeben, auf einen Stein und wartete ab, wie nur Kinder abwarten können. Es wurde Abend, es wurde Dämmerung, ja der Abendstern war über dem Hause dieses guten Menschenhirten, da fiel es in Schlaf, und hätte Julia nicht sein Plätzchen gekannt, sie hätte es schwerlich finden können.

Kerzen standen in Leuchtern, und eine sonntägliche Ordnung war bis in die letzten Winkel des kleinen Hauses. Das Kind schlief allein in der Nebenkammer, und am Morgen lief es zwischen fremden Leuten hindurch und kannte kaum seine Heimat mehr. So eine Leichenwache ist etwas sehr Ernsthaftes. Man vergisst sie nicht mehr im Leben. Und das ist gut. Wer den Tod nicht so nahe gesehen, ist nur halb ein Mensch, denn auch der Tod gehört zum Leben. Es wurde zuvörderst das Bett frisch bezogen, als käme da ein neuer Gast hinein, dann wurde Quellwasser geholt und Essig und ein Leichenhemd aus dem Innern des Schrankes; steif und in seiner Art furchtbar. Die Leichenwäsche begann. Wie Waldboden nach großen, schweren Regengüssen waren die Adern bloßgelegt, und die Knochen bahnten sich, erhoben sich gleichsam, zu dem einzigen, was der Tod noch darstellt. Das Menschlichste war einem solchen Wesen, wie Julia war, das Unmenschlichste; es war von ihr ein Ungeheures gefordert, indem sie diesen letzten Dienst tat. Es fehlte ihr nicht an Liebe, sie hätte Jahre des Krankenlagers mit Natürlichkeit geleistet, aber dieses Anschauen ging über ihren Schmerz hinaus. Und es brauchte auch das tiefste Einbezogensein ins Leben, um einen solchen toten Greis für das Grab waschen und kleiden zu können. Die Bauernmädchen gingen wechselweise an den Sarg zum Beten, und die andern in den Herrgottswinkel der Stube und sangen Choräle. So klang es durch alle Tages- und Nachtstunden, bis es Zeit war, den Leichnam abzuholen. Ein Leben war im Hause, auf Fußspitzen, nur mit gesenktem Haupte. Es waren mehr Menschen da, als in das Haus gingen, und doch füllten sie den Raum nicht aus. Jeder zog sich an seinen Platz zurück, soweit er nur konnte. Und die Verbindung, die zwischen ihnen untereinander bestand, galt wiederum nicht ihnen, sondern dem Toten. Julia boten sie alle die Hand. Aber am nächsten Tag nach der Totenfeier beharrten sie schon nicht mehr so stark auf ihrem Gruß, und am dritten Tag war sie vergessen. Und es war nicht nur deshalb, weil sie eine Fremde war und man sie um ihres Kindes willen verachtete. Nein, gerade in dieser Gegend war man in Not wie Eisen in der Glut der Schmiedezangen, und keiner hatte viel Zeit und Lust, vom andern zu reden und zu denken. Nein, es war, weil alle fühlten, dass sie kein Mensch war. Wäre sie von sich aus mit der Welt, ja nur mit sich selber im Einklang gewesen, sie hätte die Freundschaft der Nachbarn gefunden. So aber blieb das, war in ihr allein stand, auch außen allein stehen.

Zwei Pfründnerinnen kamen. Sie wollten sich einmieten in der einen leer gewordenen Stube. Beide waren keine guten Seelen. Von der Fürsorglichkeit des Alten besaßen sie nichts. Aber Julia nahm sie. Sie hatte einen eigenen Plan mit ihnen. Sie nahm sie als Pächtersleute und übergab ihnen gegen eine geringe Nutznießung das Haus. Dann schneiderte sie dem Kinde wieder Röckchen zurecht, Röckchen, die nicht nur nicht zu klein waren, sondern absichtlich schon für einige Jahre weiter hinaus berechnet schienen, und sich selber säuberte sie dieses und jenes.

Wie bald ist Armut reisefertig. Zwei Bündelchen und einiges Sonntägliche, was man am Leibe hat, und schon ist nichts mehr vergessen. Im Hause ist alles auf einen Blick zu übersehen, wo es steht und wie es steht. Die Blumenstöcke vielleicht und die armseligen Beetchen des Gartens sind die Einzigen, die zurückzuhalten versuchen, mit ihren Farbenaugen. Denn wer weiß, wenn Härte und Verneinung herrscht, ob nicht zuerst die Blumen gehasst werden.

Aber es gibt Abschiede, die keinen Widerspruch zulassen. Nach einigen Vereinbarungen und diesem und jenem Hinweis wurde das Haus verlassen. Die kleine Maria ging wie aus Glas in der ihr noch unbekannten Welt, und die Mutter schien den Marktflecken, den sie vor Jahren durchwandert, und die Bank, auf der sie ausgeruht hatte, auch nahezu vergessen zu haben. Es war wieder Frühling, die Luft, wie ein munteres Pferd, schien durch die Welt zu rasen mit freudigem Wehen. Sie tat weder den hohen Tannen weh, noch schmerzte sie ein Blümlein oder einen armen Menschen. Im Gegenteil, alles wachte auf. Es war der rechte Tag zu einem Entschluss, die neue, aufgeschlagene, noch nicht begonnene Seite eines großen Legendenbuches. Da konnte die kleine Maria wohl hineintreten und in den Buchstaben und Deutungen verschwinden. Zuerst traten sie in die Kirche, wo sich das silberne Messglöckchen mit dem silbernen Stimmlein dieses Kindes maß. Denn noch wusste es nicht, dass man in einer Kirche schweigen musste. Diese Kirche war Julia wie der Vorraum des Klosters, darin sie ihr Kind auf Jahre unterbringen wollte. Sie ging zu einem kleinen Türchen hinaus und läutete bei der Präfektin. Einfache Worte sind bald verstanden. Sie waren gleich kurz, wie der Abschied es sein musste, um ein wenig ärmer, denn auch was ihr an eigenen Mitteln noch geblieben war, hatte sie hinterlegt. Alles ging so schnell, dass sich das kleine Geschöpf nur gleichsam umschaute. Und fort war die Mutter. Und alles war wie auf einer alten Holztafel eingekerbt. Da war ein Schlafsaal, und dort war eine Schule. Und noch wo war ein Garten, und an einem andern Ende war ein Speisesaal. Und überall war die Kirche, sogar im Schlafsaal. Aber nirgends, wo es auch wartete, war die Mutter. Maria aber war ein an sein Schicksal vorgewöhntes Kind. Sie fühlte, dass das selber die Mutter getan hatte, und weinte darum nicht. Ja, nach einiger Zeit würde es auch nicht mehr an die Mutter gedacht haben, es wäre eine winzige Klosterfrau geworden. Aber sie, die Nonnen, trösteten es und weinten gleichsam im Gemüte seine ungelösten Tränen. Bald lernte es lesen und schreiben und das Wort des Gespräches und das des Gebetes. Und singen lernte es und sticken in Leinen zu Spitzen, und eine Stube, ja ein Haus ordnen und verpflegen. Es wäre sicher Laienschwester geworden, wenn es nicht durch die Nonnen seiner Mutter in einem besonderen Sinne gedacht hätte. Und da man nun einmal es sie nicht vergessen lehrte, vergaß sie es auch nicht. Das gehörte so zu seinem Wesen. Es war so ein Turm des Gehorsams und der einheitlichen Erziehung geworden. Ein kleines Wunder war es. Wie ein Heiliges in einem Sarge. Aber trotz dieser Leblosigkeit, die es auch geerbt hatte, war es doch eine Macht in sich, es verkörperte den Geist seines goldenen Hintergrundes, der Kirche. Und das musste es trotz seiner großen Unschuld fühlen, sonst wäre es nicht so gewesen, wie es eben war. Die Präfektin lächelte immer, sooft es sie sah, so ernst sie auch sonst sein mochte. Und draußen lebte vielleicht die Mutter, wie sie nicht sollte, und vergaß das kleine heilige Kreuzlein, das ihr Gott verehrt hatte. Oder sie kannte gar keinen Gott und dankte ihm nie, bis an das Ende ihres Lebens. Aber die Nonnen redeten nie darüber. Am allerwenigstens zu dem Kinde. Und das war gut. Denn was kann man denn wissen. Die Not einer Seele ist oft ein Todesringen. Während wir ferne sind und mutmaßen, reißt sich der Stamm gleichsam selber die Wurzel aus der Erde. Ach Gott, um einen solchen armen Menschen! Denn er stirbt noch nicht, sobald er entwurzelt ist. Als ein Gezeichneter geht er durch die Welt und weiß, dass nirgends seine Stätte ist. Ohne einen Mord begangen zu haben, ist er doch Kain.

Nur eines ist gewiss: Julia reiste in eine der großen Städte und suchte ihre alten Freunde auf. Aber diese waren nicht mehr. Ihre Interesselosigkeit und Lieblosigkeit hatte nicht über die Dauer einer solchen Entfernung und Verwandlung gereicht. Alle redeten an ihr und sie an ihnen vorbei. Und zudem war Julia ein Erwerb nötig. Und so musste sie weitergehen, dahin, wo es ihn gab. So kam sie wieder in eine kleine Stadt. Es war um eine Zeit, wo alles wie eine Völkerwanderung ein neues Leben suchte. Julia war aber nicht sehr unternehmend, sie ging nicht nach Amerika und nicht nach Jerusalem. Eine Weberei stellte ungeschulte Kräfte ein. Unter diese trat sie. Und diese Arbeit tat sie beinahe zehn Jahre. Schon rechnete man sie da, so still und ohne alle Ansprüche, wie sie war, zu den eigenen. Denn dass sie so wesenlos war, war für eine Fabrik nur angenehm, ja geradezu war diese für solche Entseelte oder Entkörperte – was sie nun ein für alle Mal war – wie geschaffen. Und dass dieses Wesen nie etwas entwendete, oder verfehlte Muster auf halb erlaubte Weise an sich nahm, schien auch ein Wunder zu sein. Dass sie sich nie zu den Webstühlen versetzen ließ, wo Blumen und Rankenmuster fabriziert wurden, war wiederum eine Annehmlichkeit. Ein für alle Mal bediente sie den grauen Webstuhl. Und nie mischte sie sich in einen Streit, und nie schloss sie eine Freundschaft. Es war aber nicht so, dass sie traurig war, nein, eher war sie zufrieden zu nennen auf eine primitive Weise. Sie hatte nun einmal das Wissen davon, dass sie nicht selbstständig war, nicht eigenmächtig in einem besonderen Sinne. Und hatte der Tod sie von dem kleinen Haus und Garten auf diese Weise fortgenommen, so musste sie eben ein anderes Unterkommen suchen. Und da nicht überall so ein guter greiser Freund zu erhoffen war, der nicht nur sie, sondern auch zugleich das Kind in Schirm und Schutz nahm, so musste sie eben dieses auf eine eigene Weise unterbringen. So stand es um sie. Und ein Wunder war, dass sie es begriff, und ein noch größeres, dass sie danach handelte, wie sie begriff. Freilich störte sie niemand in dieser einen Harmonie, die sie noch besaß. Aber in der Kindheit und ersten Jugend, ja ungeboren, in der ruhelosen Existenz ihrer Voreltern musste sie schon gebrochen und geknechtet und unfähig gemacht worden sein bis zur Erschöpfung. War es da nicht ein Engel, der einfach ihr die Hände faltete in dieser Weise? Und der zur rechten Zeit wie einen Blumenduft sie unsehend hieß mitzukommen, mit den einfachen Erfahrungen ihrer Mängel?

Ja, der sie vorbauen ließ für die Zukunft? Denn allein hätte sie es nie vermocht – allein fehlte ihr schon alle Energie, die ein anderer oder eine Institution wohl für sie besitzen konnte. Allein hätte sie es nie erreicht, herrenlos in diesem Bauernhäuschen, ihr Kind zu erziehen. Sie hätte kaum den Sinn dieser Erziehung begriffen; denn im Grund war ihr, von ihr ausgehend, das Leben leer und schal. Ja, auch mit anderen war es ihr das noch, nur ertrug sie es dann in Geduld, mit einem freundlichen Dank, wie ein liebes Geschenk, dessen man nicht eben bedurft hätte.

Freilich, diese Einsicht war nicht die Einsicht eines Tages oder einer einzigen enttäuschten Liebesnacht gewesen, wenn auch das belangloseste Kindheitserlebnis sie schon hätte darüber belehren können, wer und was sie war. Nichts Plötzliches hatte sie so unterrichtet. Alle ihre Lebensstunden zusammen waren es gewesen, die ihr das klipp und klar gesagt hatten: Du bist ungeschickt bis zur Tölpelhaftigkeit, im tiefsten Sinne verschlafen bist du. Ohne Liebe bist du, obgleich du geduldig bist und beinah gut. Denn die Liebe habe ich dir im Reif des Frühlings getötet. Und ohne Liebe vermag ein Mensch nicht wirklich zu leben. Trotzdem aber will ich, die Natur, dich nicht umkommen lassen. Du sollst es zu Ende erleben, wer du bist und was du bist, und wer andere und was andere sind. Und einiges will ich sogar dir gönnen und dir beibringen. Aber auch das soll dich nicht im eigentlichen Sinne bereichern. Nur die Armut und was dir versagt ist, soll dein gehören, das Unfühlbare und Nieempfangene. Das ist meine Absicht, der sollst du treu bleiben. Und diese Treue soll, wenn man so will, dein einziger Sieg sein.

Das war es, was ihr Schicksal über sie beschlossen hatte. Unsäglich hart und dennoch milde, entziehend und verweigernd und dennoch gebend, ja, über sie ausstreuend. Denn solchergestalt Erkenntnis zu haben, ist eine große Gabe. Freilich gedachte sie oft in ihr graues Gewebe hinein der einen Straße jenes kleinen Marktfleckens und der Bank, ja der Bank. Und des Alten und des Hauses. Aber ohne Ungeduld, mit der mählich wachsenden Zeit selber, webte sie es, bis die Straße schließlich Straße wurde, die Bank unversehrt sie vorüberließ und das Kloster ihres Kindes winkte wie eine fromme Stickerei. Sie hatte das Glück, dass nach diesen abgelaufenen Jahren ihre zwei armen Pächterinnen vor Alter sich irgendwo einkaufen mussten. So konnte sie kampflos einziehen. Aber vorher läutete sie bei der Präfektin, um ihr Kind zu holen. Sie wusste von ihm. Sie hatte es ganz so eingeschätzt. Wie es mit seinem Köfferchen dastand, erwachsen und dennoch ein Kind geblieben. Aber ein reines, unbeugsames Kind, dessen Schwäche man zu seiner Stärke gemacht hatte. Ein förmlicher Abschied von der Präfektin war nicht nötig, denn vorerst bedeutete das Scheiden gleichsam den Übergang von einem Kloster in ein anderes. Und einen Kuss für die beiden sich Wiedersehenden gab es da auch nicht, den ersetzte dem Kinde und der Mutter eine Art Ehrerbietung. Ein Kuss ist etwas, was ans Ende des Lebens gehört.

Susanna

Wir Kinder spielten uns müde am offenen Fenster. Es war noch nicht der Tag gewichen, aber für uns die Stunde der Ruhe.

Meine Schwester sprach laut.

Da trat ein Mädchen ins Zimmer. Ihre Haare waren braun und lang geflochten. Das Kleid grau, die Schürze grau. Wir mussten schweigen; die Fremde sah so verständig aus. »Ich habe gehört, dass Kinder im Hause sind, darf ich mit euch spielen?«

Wir spielten, und als die Uhr achtmal schlug, nahm sie ihre Strickarbeit und ging in ihre Wohnung zurück.

Alsdann kam unsre Mutter nach Hause, und wir sagten ihr: »Die Susanna war da.«

An der Hauswand, dem Garten zu, saß ich in jenen Jahren unzählige Male allein und träumte mit der Puppe in die Laubgänge hinein.

Einmal, als ich unsre Tür verschlossen fand, ging ich in den oberen Wohnraum.

Dort war Susanna. Sie stand am Küchenfenster und radierte in einer Zeichnung.

Ihre Mutter schnitt Brot für einen langen Tisch, jedes Stück an seinen Platz.

Ich sah sie diesmal für immer: groß und hager, dunkel im Antlitz, und einfarbig, schwarz, das Gewand. Sie bot mir gütig ein Brot an, zur Vesperzeit. Dann ging ich wieder.

Um den nächsten Besuch war schon Weihnachten nicht mehr fern. Auf den Tisch warf eine Lampe grünen Schein. Um denselben saß die Familie. Die Mutter strickte, die Brüder zeichneten. Andere blätterten in Heften mit Bildern darin.

Den Vater sah ich noch gar nicht. Ich ging also gleich auf den größten zu und bat im Flüsterton: »Heil' mir diese Puppe, der Kopf fiel weg.« Und dann waren da ein paar Bildchen auf dem Notentisch, die schenkte er mir und klebte sie auf die erste Seite eines Albums. Es wurde stets im Flüsterton gesprochen. Selten hatte da eines dem andern etwas zu sagen. Es fiel mir auch nie ein, laut zu werden. Einmal nur lachte ich und knarrte dabei mit dem Fuße. Da stand der Mann auf am Haupte des Tisches und neigte mir sein weißes Haar zu und dröhnte: »Still!«

Wieder war alles für mich ausgelöscht, bis meine liebe Mutter sagte: »Du kannst jetzt wieder hinauf; die Susanna ist da.«

Ich schaute in die Luft und fragte mich etwas in Gedanken.

»Sie hatte Scharlach, sie liegt im Bett.«

Da war ein Zimmer mit zwei Betten. Nach dem Fenster lag Susanna. Ihre Augen waren noch gleich wie damals und die langen braunen Haare. Aber die Wangen waren blass.

Tag für Tag saß ich an ihrem Bette, und wir plauderten das gleiche wie früher. Es saßen auch abwechselnd Geschwister in ihrem Zimmer, oder zur Kurzweil besuchten sie Nachbarinnen.

Und war die Stille wieder im Zimmer und der alte Friede, so zog ich oftmals ein Geschenklein aus der Tasche, das meine Mutter mir aus meinen Schätzen für sie eingesteckt hatte.

»Du hättest es wohl selbst gerne?«, fragte mich Susanna allemal, ehe sie die Hand danach ausstreckte. Aber meine Freude für sie war so unverhüllt, dass wir gemeinsam alles besaßen.

Als ich wieder einmal in die Wohnstube trat, fand ich sie dort in der Ecke ihres Kanapees sitzen. »Es ist sichtlich besser«, sprach ihre Mutter zu mir. Aber Susanna war mir still und ein wenig traurig. Als eine Zeit um war, führten sie ihre Schwester wieder in ihr Zimmer zurück. Sie ging wie eine alte Frau und war auch verändert in ihrer Gestalt. Ja, danach konnte ich schon begreifen, dass sie nicht froh war. Wie sie dann endlich auf ihren Kissen ruhte, sprachen sie ihr von einem Fahrstuhl, den sie für die Zeit der Genesung ihr kaufen wollten.

Die Ärzte kamen. Zwei große, schwarze, und ich glaubte, das habe der Mann mit den weißen Haaren ihr angetan.

Ich ging hinunter und spielte am Brunnen, der vor dem Garten lag, »Frau Holle«. Zu »Susi«, so nannten sie meine Gespielin, kam ich wochenlang nicht mehr hinauf.

Zu einer frühen Morgenstunde im Frühling riefen mich ihre Geschwister wieder. Susanna saß aufrecht im Bett, mit rotbraunen Bäcklein und tändelte mit bunten Stoffmüsterchen und sang dazu. Wir waren alle so froh. Die Sonne war noch nicht brennend, sie leuchtete uns in die Seele.

Da trat ein Mädchen aus der Nachbarschaft zu ihr ein. Sie brachte eine feingliedrige Puppe mit gestricktem Jäckchen und Hütchen und sonstig schön genähter Puppenware, wie als Geschenk. Aber das wurde es nicht. Sie schob mich vom Bette weg und spielte der Susanna vor. Mich ärgerte ihre Geschicklichkeit und dabei ihr unruhvolles Wesen. Ich musste immer an ihre roten Haare denken.

Sie kehrte sich an die frühe Sonne und sprach: »Susanna, morgen ist ja dein Geburtstag! Hast du keine Feier?«

Susanna schwieg. Aber die Mutter lächelte aus der Wohnstube herein, und wir ersahen daraus, dass uns allen ein Vergnügen werden sollte.

Die Nachbarin packte zufrieden ihre Puppensachen in den Arm und ging.

Hernach setzte sich die Mutter zu Susi ans Bett und sprach ihr von dem kommenden Tag.

»Wir lassen dir natürlich die Türe offen stehen.«

Der Tag ging, und der Morgen kam und war gleich schön wie der erste.

Es standen Butterblumen und Vergissmeinnicht auf der Kommode und vielerlei Geschenke. Der Blumenstrauß war in aller Frühe von den Brüdern fern von der Stadt gebunden worden und der Gabentisch in heimlicher Freude gedeckt, ehe Susanna die Augen aufschlug. Das Lager betteten sie festlich weiß, und in das Haar flochten sie ihr rote Bänder.

Ein Märchenbuch, das sie jederzeit gern las, lag in ihren Händen. Sie waren alle still. Jedes hatte seine Beschäftigung.

Mit diesem kam der Nachmittag, und ihre dreizehn Gäste saßen in Festkleidern und weißen Schürzen um sie und plauderten. Sie erzählten aus der Schule und spielten Pfand und schmausten alsdann in ungetrübter Heiterkeit.

Man dachte gar nicht mehr, dass Susanna krank war. Die Kinder schleppten Stühle herbei und machten beim Klang eines Marsches ein wildes Spiel im Kreis.

Da man sie sachte aus der Stube trieb, kam der große, alte Vater nach Hause, mit einer mächtigen Schachtel im Arm. »Rate, Susi, was der Inhalt ist«, sprach er zu ihr. »Aber doch nicht für mich?«, sagte Susanna unsicher, bevor sie sich etwas denken konnte. Er holte eine große Puppe heraus mit blonden Haaren und blauem Halsschmuck und einem reich verzierten Hemdchen.

Dann ging er in seine Studierstube zurück. Die Kinder sagten ihr gleich darauf Lebewohl, und jedes wünschte nochmals gute Gesundheit.

Susanna hielt schwach die Puppe in den Händen. Sie packte sie unruhvoll ein und legte sie an ihr Bettende.

Dann reichte sie mir die Hand, dass ich gehen sollte

oder schweigen oder nicht daran denken. Aber die Puppe schaute mir kalt durch die Holzwand, und ich regte mich nicht von der Stelle, während Susanna einschlief in Schweiß und Stöhnen.

»Die Susanna muss sterben.« Das wussten wir, sie und ich, durch die Puppe.

Eines schlug eilig die Decke zurück, wechselte Tücher und brachte Susi wieder in einen ruhigen Schlaf. Aber die Puppe fiel herab und zerbrach.

Meine Mutter rief mich zum Abendmahl. Als ich unverhofft im Dunkel der Nacht die Augen aufschlug, war mir, als weinte jemand über mir, im Zimmer meiner Susi.

Morgens, ganz früh, war ich wieder bei ihr. Mit stummem Laut zeigte sie auf ein Öllicht; sie wollte es fern von sich haben. Das begriff man leicht. Aber sie hatte keine Sprache mehr. Noch stiller wurde es dort oben als zuvor, damit sie nicht daran denken sollte, dass sie stumm war.

Sie wurde taub. Kein Glied war mehr in ihrem Bann. Und die Augen erloschen.

Der Vater ging durch die Stube einher, zu Tode gebückt.

Da mochte ich wieder alles vergessen und saß mit meinem Spielzeug wie früher an der Hauswand, dem Garten zu.

Unsre Hausmagd lief mir einmal nach mit verweinten Augen und sagte: »Die Susi ist tot.« Das wusste ich jetzt und ging auf die Straße und wartete auf meine Mutter.

Sie war mit einer Dame heiter im Gespräch, aber ich störte sie und sprach: »Mutter, die Susi ist tot.«

Ihr Schrecken genügte mir. Sie eilte nach Hause, und die Dame kehrte nachdenklich um. Sie schaute hinauf zu den geschlossenen Läden.

Aber mein Leid war noch nicht geheilt.

Am andern Tor standen die Brüder und Schwestern. Ich sagte es ihnen gleichfalls. Sie warfen die Schulbücher auf das Pflaster und eilten ins Haus. Und meine Schwester Helene kam. »Du, ich habe es den Kindern gesagt, allen. Die Susi ist tot.« Sie wurde bleich, und dann sagte sie schonend: »Man sagt doch nicht tot, man sagt, sie ist gestorben.«

Dann lief sie mit mir auf den Straßen umher und sprach von anderen Dingen. Es ging ihr wie mir, die Seele war wirr.

Sie waren mir alle schon fremd, die Leute im Haus. Ich stellte mich an ihr Treppenfenster und schaute die Leidtragenden an, die ein und aus gingen, und die Kränze. Und die Trauerkarten, die in die Urne fielen; alles, was sonst meinem Herzen fernstand.

Ihre Mutter kam groß und schwarz heraus und fragte mich weinend: »Willst du die Susi noch einmal schauen?«

Sie lag im Sarg. Das wusste ich. Ich schüttelte mich und lief hinunter in den Garten.

An der Hauswand lag meine Puppe. Susi war immer so heiter gewesen. Ich dachte an sie.

Da bog ein Zug von Schulmädchen, schwarz gekleidet, um die Ecke. Ein Wagen voran.

»Die Susanna ist jetzt im Himmel.

Aber Helene wird auch bis Abend fort sein. Es läuten die Glocken.«

Sterben mit dem Glück, gelebt zu haben – Regina Ullmann rekurriert

Nachwort von Nora Gomringer

Manchmal finde ich es schade, dass ich mich zu alt fühle für eine Dissertation. Gerne hätte ich zu Regina Ullmanns durchaus nicht tänzelnder, aber tänzerischer textlinguistischer Form der Rekurrenz etwas geschrieben. Sie findet sich in verschiedenen Formen, aber so viele Male wie ich bei meiner ersten Lektüre der Prosatexte der Autorin das Zeichen eines sich annähernd selbst einkreisenden Vektors an den Rand malte, war mir klar: Das ist die Kunst der Ullmann.

Mir ist es bang um eine Autorin, um die im Vergleich viel zu wenige Worte gemacht wurden und werden. Da wiegt alles, was man sagt, schwerer, bedeutsamer. Alles kann Aus- oder Verweis werden für diese Tote, deren Stimme lebendig ist in ihren Gedichten und Prosastücken.

In allen wohnt etwas Soghaftes – wohl auch aus der Rekurrenz heraus begründet, denn entweder ist das Thema eines, das einen Wirbel aufwirft, oder die Autorin wählte eine Sprachwirbelvariante. In der Erzählung »Luftballon« etwa gibt es die Überlegung, dass Kinder in der Lage seien, über den Tod hinaus alles zu sehen. Sie hätten einen »Raum in sich, der ist nicht nur wie auf Papier aufgezogen«, und mir scheint dieser Innenraum, diese Trommel, der erzählte Wirbel zu sein, denn immer wieder führt die Ullmann ihre Figuren auf einen so genau erzählten archetypischen Grund: Kinder, Tiere, Mägde, Bauern, Alte, Langsame, Arme, Menschen werden in einer Art Urzustand dargestellt. Die Erzählung ist wunderlich mit fast abgelenkten, sich selbst immer wieder spiegelnden Motiven gespickt. Es geht um eine spannende Sonntagsattraktion, zu der die Mutter antreibt: Ein Akrobat wird an einem Ballon davonfliegen!

Die Einmaligkeit dieser Aktion befördert unter den Figuren der Erzählung Gedanken zum Tod und zur Fremdheit, lässt die Autorin mit einem Vergleich aus der Tierwelt schließen: »Aber wir, wie Eidechsen, schlüpften blinzelnd, eiligst wieder unter unsere Steine zurück.« Die Steine, Orte der Unschuld, der Weltferne, des Schutzes, der diametralen Entfernung von der Welt der Menschen mit ihren wunderlichen Wegen, vor allem, wenn diese in die Lüfte und nicht in den Staub weisen. Kinder und ihre visionären Fähigkeiten des Sehens von Leben und vor allem von Tod ist auch in der Erzählung »Susanna« enthalten, in der ein Nachbarsmädchen stirbt und die ganze Kinderschar eines Mehrfamilienhauses das Nahen des Abschieds ahnt, zelebriert und den Tod letztlich sehr unterschiedlich aufnimmt.

Szenen aus *Der Trotzkopf, Das Nesthäkchen* und einem Gruselschocker wie *Wenn die Gondeln Trauer tragen* kommen mir in den Sinn. Eine verlockende Kombination, will ich meinen! Auch wäre sie behilflich bei der Selbststilisierung zum immerwährenden Mädchen, die die Autorin ein Leben lang pflegte, wie u. a. Fotodokumente beweisen, die in der Monacensia verwahrt werden; Mädchensein – ein Status der Unschuld und besonderen Fähigkeiten. Die Szene der Landung eines Schmetterlings auf der Brust des von brünftigen Hirschen totgetrampelten Verliebten (»Von einem alten Wirtshausschild«) und selbst die Verzückung der Kinder über einen Weihnachtsbesuch im Hause eines Setzers – da sehe ich Lars von Trier zu Werke gehen! Man liest die Erzählungen der Ullmann und denkt sofort an Regisseure, denen man sie in die Hand drücken möchte, auf dass sie ihre Kunst an ihnen übten.

David Lynch sollte den Akrobaten an seinem Ballon auf einer Waldesau inmitten der Wälder von Twin Peaks steigen lassen. Und einen verrückten, guten *Inception*-Moment gäbe es, fände die Frau in Marlen Haushofers *Die Wand* ein Buch im Regal, das Ullmanns dreiteiligen Text »Die Landstraße« enthielte. Schauspielerin Martina Gedeck läse in Julian Pölslers Film über eine ihr recht ähnliche Frau, die in einer anderen Art Gefängnis lebte: in dem der Depression, in dem allein die Begegnung mit einem einzelnen Radfahrer eine ungeheure Erschütterung darstellte.

Nur in der Welt der Tiere, mit Schweinen und ihrem Hüter, ist eine Normalisierung des Zustands der Ich-Erzählerin zu erspüren. Mir fallen beständig Gruselfilme und ihre Macher ein, wenn ich weiterlese bei Regina Ullmann, wohl weil ihr Erzählen diese Ambivalenzen, die das Genre braucht, mitbringt. Auch lose Enden, schwebende Zustände, Unsicherheiten, die dem Leser suggerieren, dass sich die Dinge nicht mit einer Schleife zubinden lassen. So ist die Thematik der antagonistischen Begegnung zwischen Mann und Maus bereits im Jahr 1983 mit Peter Weller in *Of unknown Origin* verfilmt, Ullmanns Erzählung »Die Maus« ist in ihrer Intensität damit verwandt. Während Weller sein gesamtes Haus bis auf die Grundmauern abreißt, um einem Nager (oder eben einem Ding unbekannter Herkunft) beizukommen, reißt die Maus das Gebäude des Schlafes des Protagonisten ein, nicht aber, ohne vorher die Nacht als Ganzes und den Verstand als Mediatorin zwischen Tag und Nacht auf die Grundfesten zu erschüttern. Denn »ich nur, armer Mensch, will Ruhe finden. (…) Sie ist die unvergängliche Nahrung der Seele. Wem sie versagt wurde, dem wird Nacht zum Tage.«

Um den Eindruck des ungleichen, intensiven Kampfes zwischen Maus und Mensch zu verstärken, nutzt Ullmann viele Male Rekurrenzen: »Ein sich selbst gehörendes Geräusch« stammt von der Uhr, der Protagonist gedenkt nur des Bösen, was von der Sonne ihr selbst schon zugefügt wurde, der Nebel wird als Nebel,

»der gleichsam in seinem eigenen Lichte lebt«, und das beständige Nagen wird als »sich wieder selbst zugewandte Bestätigung« beschrieben. Alles verhält sich reflexiv in den Betrachtungen des fast irre Gewordenen, die Gedanken ziehen Kreise und neuer Tag und zugeschnappte Falle samt gefangenem Nager führen zur Frage der Verantwortung gegen diese Kreatur, deren Angst und Hoffnungslosigkeit durchaus gefühlt und empathisch geteilt, aber vom köstlichen Moment der kleinen Macht abgelöst wird. Zum Schaden des Mauslebens, denn dieses endet in Gefangenschaft, und damit zum Schaden der Menschenseele.

Die vom Judentum konvertierte Katholikin Ullmann lässt ihre Bilder durchdringen von ihrer wohl eigenen Überzeugung, dass jedem Menschen ein Teil des Paradieses innewohnt. Dieser Besitz ermöglicht allen die Teilhabe an Schöpfung und Heilsgedanke, aber natürlich auch an immerwährender Todessichtigkeit. Freilich verhalten sich manche so, als wären sie nicht mehr paradiesisch geprägt, und so ist es »der Alte« in der gleichnamigen Erzählung etwa, der ein Frauenleben durch bloße Garstig- und Lieblosigkeit zu verantworten hat. Ein Vampir, der, ohne Blut zu trinken, jung bleibt, während sein kaltes Verhalten seine jüngere Frau schwächt und letztlich sterben lässt.

Vieles Biografische scheint in den Texten Regina Ullmanns mitzuschwingen, und man liest der Österreicherin auf deutschen und schweizerischen Pfaden die abrupten Brüche und Abbrüche an, das analytische Verständnis für ihre Situation, welches sie sicher auch als therapierte Patientin erworben hatte – und so auch manches Wundern über die Fremdheit im Schließen von sich auf andere. Manchmal finde ich es schade, dass mir höchstwahrscheinlich niemand Geld für eine Drehbuchentwicklung der Erzählungen der Regina Ullmann gäbe, denn ich glaube, mir gelänge hier und da eine Adaption des Gefühls, das ihre Lektüre hinterlässt: Es ist ein Beben unter der Welt und über die verursachten Risse, ein gebreitetes Tuch, auf dem eine Frau sitzt, ein kleines Objekt in ihrer hohlen Hand beobachtend. Sie sieht uns an und will uns zeigen, was es ist. Doch wir gleiten in einer tonlosen Welt beständig weiter von ihr fort in Stille, in Nacht, in Einsamkeit, dem Tod entgegen; den Sphären, die sie auslotete und zu inneren Revieren beschrieb. Mit Regina Ullmann ist eben immer kunstvolle Rekurrenz – und das beschriebe ich Ihnen gerne immer weiter, aber lesen Sie selbst.

Nora Gomringer, Dezember 2023